Weihnachtsliebhaber und Weihnachtshasser passen einfach nicht zusammen: Dieser Erkenntnis muss sich Tessa kurz vor dem Fest der Liebe stellen. Seit Jahren verbringt sie Weihnachten ihrem Freund Ole zuliebe an den Stränden von Ko Samui, doch diesmal kommt alles anders: Kurz vor Heiligabend und dem Abflug nach Bangkok zerbricht ihre Beziehung mit einem Paukenschlag. Notgedrungen und um den Herzschmerz zu vergessen, verbringt Tessa die Feiertage bei ihrer liebevoll-verrückten Familie auf dem platten norddeutschen Land. Hier in Kappeln warten Weihnachtslieder singende Gartenzwerge, Lametta, Bratäpfel am Kachelofen sowie eine Riesenportion Trost und Liebe, aber auch der übliche Stress mit den beiden Schwestern. Dann steht auch noch Ole reumütig vor der Tür und will Tessa zurück. Doch er ist mittlerweile nicht mehr der einzige Mann, der Tessa Avancen macht …

Anne Blum wurde an der schleswig-holsteinischen Ostseeküste geboren und lebt heute in Berlin. Nach dem Studium arbeitete sie als freie Radiojournalistin und sattelte dann aufs Drehbuchschreiben um. *Hasen feiern kein Weihnachten* ist ihr erster Roman.

Anne Blum

Hasen feiern kein Weihnachten

Roman

Berlin Verlag Taschenbuch

Mehr über unsere Bücher und Autoren:
www.berlinverlag.de

Auch wenn es den Ort Kappeln und seine liebenswerten Bewohner wirklich gibt, die Personen und die Handlung dieses Romans sind frei erfunden.

FSC
www.fsc.org
MIX
Papier aus verantwortungsvollen Quellen
FSC® C083411

ISBN 978-3-8333-1085-0
1. Auflage Oktober 2016
2. Auflage Dezember 2016

Umschlaggestaltung: ZERO Werbeagentur, München
Umschlagmotiv: FinePic®, München und Corbis / Masterfile
Satz: psb, Berlin
Gesetzt aus der Bembo
Druck und Bindung: CPI books GmbH, Leck
Printed in Germany

1
20. Dezember

Der Himmel über Berlin war noch dunkel, als Tessa in ihrer kleinen Altbauwohnung in Prenzlauer Berg erwachte. Fette Schneeflocken taumelten vor dem Balkonfenster, vom Wind hin und her geworfen und von der Straßenlaterne angestrahlt. Wie wunderbar! Schnee war so selten in Berlin.

Am Vortag war die Gardinenstange mal wieder von den Wänden gekracht, und sie schliefen ohne Vorhänge. Ole neben ihr atmete noch friedlich in sein Kissen. Er schnarchte immer ganz leise, und sobald Tessa ihm übers Gesicht streichelte, hörte er auf. Wenn er schlief, sah er aus wie ein großer, verletzlicher Junge, der sich Kraft holte für den Tag. Überhaupt hatte Ole sich trotz seiner 39 Jahre dieses Jungenhafte bewahrt, das Tessa so an ihm mochte.

Sie sah auf den Adventskalender auf der Kommode mit seinen vielen bereits geöffneten Türchen. ›Eigentlich schade, über Weihnachten immer weg zu sein‹, dachte Tessa. Im Grunde ihres Herzens liebte sie Weihnachten, diese ganz besondere Zeit im Jahr, den Advent, über Weihnachtsmärkte zu bummeln und Plätzchen zu backen. Tessa musste an den sagenhaften Christstollen ihrer Mutter denken, den sie früher zu Hause in der Adventszeit immer zum Nachmittagskaffee mit dick Butter gegessen hatten, und an den Duft der Braunen Plätzchen, die traditionell zum ersten Advent gebacken wurden, alle drei Töchter und die Mutter gemeinsam in der Küche. Tessa und ihre Schwestern hatten damals beschlossen, dass sie später mit ihren Kindern diese Tradition unbedingt fortsetzen wollten. Doch der ganz leise schnarchende Mann neben ihr war ein Weihnachtshasser und zog es vor, das Fest einfach ausfallen zu lassen und stattdessen nach Thailand zu reisen. Nachdem Tessa Ole ein einziges (und letztes) Mal mitgenommen hatte, vor vier Jahren, war ihr die Lust auf Weihnachten mit ihm gründlich vergangen. Wie sollte man die Feiertage genießen, wenn jemand die ganze Zeit spöttisch seine Mundwinkel verzog? Klar, ihre Eltern waren schon extrem, was Weihnachten anging. Beide übertrafen sich immer gegenseitig mit tollen Ideen für die Dekoration, die Mutter mehr im Innenbereich, der Vater im Vorgarten.

Der Radiowecker sprang an, und der aufgekratzte Moderator von *Radio Eins* versuchte, gute Laune zu verbreiten. »Leute, in vier Tagen ist Weihnachten, und wer seine Geschenke noch nicht besorgt hat, dem rate ich dringend, dranzubleiben und gleich unser Gespräch mit dem berühmten Psychologen Arne von Wesselhaus anzuhören über die Tücken des Schenkens. Vorher aber noch *Christmas is all around* von Billy Mack.«

»Mach das sofort aus! Furchtbar, dieser Weihnachtsterror«, murmelte Ole schlaftrunken und noch mit herrlich tiefer, satter Stimme.

Tessa schaltete das Radio aus und kuschelte sich in

Oles Armbeuge. Ein wunderbarer Platz, um noch mal eine Runde zu schlafen, aber heute musste sie rechtzeitig im Büro sein. Es war ihr letzter Arbeitstag vor Weihnachten und dem dreiwöchigen Thailandurlaub, in den sie übermorgen fliegen würden. Weihnachten auf Ko Samui wie schon die letzten drei Jahre. In einer romantischen Hütte am Strand, einfach nur Chillen, Lesen, Schnorcheln, endlich mal wieder Zeit füreinander. In letzter Zeit war es etwas hektisch gewesen.

»Guck mal, ist das nicht herrlich mit dem Schnee?«, sagte Tessa.

»Grauenvoll. Ich hasse den Berliner Winter. Mann, bin ich froh, dass wir übermorgen hier weg sind!«

»Komm schon, so schlimm ist Weihnachten nun auch wieder nicht!«

»Also, bei deinen Eltern, das war schon hardcore. Ein Weihnachtsbaum mit Lametta! Und der Vorgarten sah aus wie für eine Schwulenparade dekoriert.«

Tessa musste schmunzeln. Als sie mit Ole da war, hatte ihr Vater eine Tannenbaumaußenbeleuchtung in Regenbogenfarben entworfen, die Ole zu der Frage provozierte, ob er die Schwulen- und Lesbenbewegung in Kappeln unterstütze. Irgendwie hatte Ole ja auch recht. Ihre Eltern übertrieben es ein bisschen mit Weihnachten. Sie waren einfache Leute, die vor ein paar Jahren ihr Heizungs- und Sanitärgeschäft aufgegeben hatten und nun im Ruhestand waren. Tessas Mutter war in diversen Handarbeitszirkeln und lernte Filzen, Kilten, Patchworken, immer wieder etwas Neues, um das Haus zu verschönern, und ihr Vater engagierte sich im Sportverein und in der Flüchtlingshilfe. Außerdem gab es die Enkeltochter Stella, die oft bei ihnen war. Leider gab es bisher noch keine weiteren Enkelkinder. Susanne, die Älteste, konnte keine Kinder mehr kriegen, und Tessa und ihre jüngere Schwester Maren hatten noch nicht geliefert. Tessa lächelte bei dem Gedanken. Sicher würden Ole und sie die Sache bald angehen. Sie war 35, es war nicht mehr endlos Zeit.

Tessa warf einen Blick auf die Geschenke, die sich noch verpackt in einer Ecke des Schlafzimmers türmten. Ihre Mutter, ihre Schwester Susanne, ihre Patentante und Tessa schickten sich die Geschenke vor Weihnachten immer gegenseitig zu.

Ole bemerkte ihren Blick. »Wetten, deine Mutter hat dir wieder eine Heizdecke, einen Flanellpyjama, Biberbettwäsche oder warme Wollhausschuhe geschickt, mit Bommeln dran?«

»Sie will eben, dass mir immer schön warm ist und ich mich nicht erkälte. Berlin liegt für sie ja schon fast in Russland.«

Ole schwärmte: »Ach, Baby, Heiligabend sind wir der Kälte entflogen und liegen am Strand und betrinken uns ganz gepflegt mit ein paar Cocktails, hm?«

Er strich Tessa durchs Haar und lächelte sie auf eine Weise an, dass ihr ganz warm wurde ums Herz und sie genau wusste, für wen sie seit Jahren zu Weihnachten auf Tannenbaum, die Gans und den sagenhaften Christstollen ihrer Mutter verzichtete. Mit diesem blendend aussehenden und charmanten Mann würde sie, Tessa Gutzeit, ihre drei Kinder kriegen, na ja, vielleicht auch nur zwei. Es würden hübsche und begabte Kinder werden, das war sicher.

Sie stand auf und ging in ihrem Flanellpyjama mit den großen roten Sternen, den ihr ihre Mutter letztes Jahr zu Weihnachten geschenkt hatte, zum Adventskalender (den hatten sie wiederum jedes Jahr), fischte aus dem kleinen Kästchen mit der Zwanzig drauf ein Stück Schokolade heraus und hielt es Ole hin.

Als der gerade zubeißen wollte, zog sie es zurück: »Weihnachten, Adventskalender und all das ist also supermegaoberspießig, ja?«

Er guckte sie mit großen braunen Augen treuherzig an: »Nein, es ist ein wunderbares Fest, sinnvoll und tiefgründig, mit den allerschönsten Sitten und Gebräuchen von A wie Adventskalender bis Z wie ... äh ... Zweige dekorieren!«

»So ist es brav!« Triumphierend steckte sie ihm die Schokolade in den Mund, nicht ohne zuvor die Hälfte abgebissen zu haben.

Ole grinste. »Du Biest, jetzt bist du fällig.« Er zog sie zu sich heran und begann, ihren Hals zu küssen, während sich seine Finger an den Knöpfen ihres Pyjamas zu schaffen machten.

Tessa entzog sich lachend. Er schien etwas enttäuscht. »Nie willst du morgens!«

»Ole, ich muss los! Im Büro wartet ein Riesenberg Arbeit. Dann muss ich noch Geschenke für meine Sippe besorgen, und heute Abend ist Weihnachtsfeier, das wird spät bei Mama Hase. Vor Mitternacht bin ich sicher nicht zurück.«

Ole setzte sich auf und stopfte sich das Kissen in den Rücken. Er sah süß aus mit seinen noch vom Schlaf zerstrubbelten Haaren. »Letztes Jahr kamst du hackedicht nach Hause. Du hast bestimmt eine Minute lang gebraucht, um die Wohnungstür aufzuschließen.«

»Anders ist das dort auch nicht auszuhalten, da *müssen* Nadja und ich uns einfach betrinken.«

Wie jedes Jahr graute Tessa vor der Weihnachtsfeier im Büro. Sie betreute bei der Firma *film for kids* eine Zeichentrickserie mit dem Titel »Familie Hase«, ein Einkauf aus den USA. Tessa war für die Überprüfung der Synchronisation zuständig und dafür, dass nichts Anstößiges in den Folgen vorkam. Die Gefahr dafür war allerdings gering, da »Familie Hase« eine äußerst biedere Familienserie war, ja, fast schon ein bisschen langweilig. Tessa hätte gern mal was anderes gemacht, aber ihr Chef Sebastian behauptete, er könne bei dieser Serie unmöglich auf sie verzichten. Einen Vorteil hatte das Ganze jedoch, abgesehen vom soliden Gehalt, das ihr der Job einbrachte: Sie hatte Ole als Synchronstimme für Papa Hase unterbringen können.

Sein Job als Schauspieler lief alles andere als gut. Ab und zu hatte er kleine Rollen, aber dazwischen lagen lange Wartezeiten, in denen niemand was von ihm wollte, und das zehrte an seinen Nerven und seinem Selbstbewusstsein.

Jetzt verstellte Ole seine Stimme und klang wie Papa Hase: »Lass dich bei der Weihnachtsfeier bloß nicht von fremden Rammlern beschnuppern, die zu viel Glühwein getrunken haben und nicht mehr wissen, wo ihnen die Löffel stehen. Dann hoppelst du schnell weg, versprochen?«

Tessa musste grinsen, wie immer, wenn er Papa

Hase nachmachte, mit diesem leichten Lispeln und dem naiven Ton. Sie fand, dass Ole die beste Stimme für Papa Hase war, die man sich vorstellen konnte.

Sie ging an die Wäschekommode und suchte nach der Angoraunterhose, die ihr ihre Mutter vorletztes Jahr zu Weihnachten geschenkt hatte. Bisher war die Hose noch ungetragen, aber der heutige Wintertag schien doch genau richtig, um sie einzuweihen.

Ole erging sich währenddessen weiter in seinem Weihnachtsbashing: »Glühwein, warmer, süßer Rotwein, noch so eine Sache, die ich nicht nachvollziehen kann. Ständig sind alle Leute knülle, weil sie das Zeug nicht vertragen.«

Seine Glühweinallergie war auch der Grund, warum sich Tessa mit ihm niemals nur in die Nähe eines Weihnachtsmarktes traute, obwohl sie Weihnachtsmärkte eigentlich liebte. Sie hatte die Angoraunterhose inzwischen gefunden und schlüpfte hinein.

»Die Kaninchenfellunterbüx war doch sicher auch ein Geschenk von deiner Mutter.«

Tessa stand jetzt vor ihrem Kleiderschrank und überlegte, was sie heute für die Weihnachtsfeier anziehen sollte. »Wann hast du heute das Casting?«

»Um drei, muss aber noch den Text lernen.«

»War das nicht die Rolle mit nur einem Satz?«

Ole grinste. »Aber es ist der wichtigste Satz des ganzen Films!« Er setzte eine bedeutende Miene auf. »Zeigen Sie mir bitte Ihre Ausweise!«

»Wow!«, sagte Tessa.

»Das wird die Rolle meines Lebens. Wenn die mich nicht nehmen, dann bringe ich mich um! Ach ja, ich habe gestern noch eine Anfrage für einen *Tatort* bekommen.«

Tessa freute sich. »Echt? Cool!«

»Als Leiche«, fügte er hinzu, bitter und doch nicht ohne Ironie.

»Weißt du«, versuchte Tessa, ihn aufzumuntern, »wenn du dich erst mal als Leiche profiliert hast, darfst du bestimmt auch bald ein Killer sein.« Sie ging zu Ole, der noch eine Runde schlafen wollte, und strich ihm durch die Haare. »Auf jeden Fall gibt es bald wieder neue ›Familie Hase‹-Folgen zum Synchronisieren, falls Hollywood nicht vorher anruft.« Sie gab ihm einen Kuss, voller Liebe, Zuneigung und Wärme, aber da war auch Routine, Alltag, so ein »Tschüss-bis-heute-Abend-mach-es-gut«-Kuss.

2

Eine halbe Stunde später, Tessa hatte noch geduscht und ein Müsli gegessen, verließ sie in ihrer dunkelblauen Daunenjacke und mit ihrem blauen Lieblingsbeanie auf dem Kopf die Wohnung. Im Erdgeschoss bei den Briefkästen traf sie Steffi aus dem Seitenflügel. Steffi war Stewardess, Ende dreißig, sah super aus und kam wohl gerade von einem Einsatz zurück. Unter dem offenen Mantel war noch ihr Lufthansa-Kostüm zu sehen, und auf dem Boden stand ihr Rollkoffer. Sie war für morgens halb neun bewundernswert perfekt gestylt, die blonden Haare topfrisiert, ihre Katzenaugen mit einem Lidstrich umrandet, eine sehr attraktive Frau. Steffis Mann Konrad war mal Texter in einer angesagten Werbeagentur gewesen, aber jetzt seit einem guten Jahr arbeitslos. Wenn Tessa ihn mal auf der Straße oder im Treppenhaus traf, versuchte er immer, einen energischen und vielbeschäftigten Eindruck zu machen, doch Tessa spürte seine zunehmende Hoffnungslosigkeit. Es war wohl gar nicht so einfach, mit Mitte vierzig noch was Neues zu finden. Kinder hatten sie und Konrad keine.

Steffi öffnete gerade ihren Briefkasten und holte Briefe heraus, die sie nicht zu erfreuen schienen.

»Morgen, Steffi!«

»Hallo, Tessa! So früh schon ins Büro?«

»Ja, ich muss noch einiges fertig machen vor Thailand.«

»Ach, wie ich euch beneide! Konrad und ich, wir feiern wieder bei seinen Eltern in Luckenwalde, das zieht uns beide immer ganz schön runter.«

»Warum bleibt ihr dann nicht gemütlich hier, zu zweit?«

»Ach, das ist noch schlimmer«, sagte Steffi, »dann krieg ich den ganzen Frust alleine ab.« Sie lächelte tapfer, und Tessa zog mit einem »Dann tschüss!« weiter, sie wollte unbedingt um neun Uhr im Büro in Mitte sein.

Es schneite immer noch ein bisschen, als Tessa zur Straßenbahn ging. Diese war gerammelt voll. Tessa war warm in der Daunenjacke (und der Angoraunterhose), denn die Heizung in der Bahn war voll aufgedreht, und Tessa fragte sich, wann die Berliner Verkehrsbetriebe endlich kapierten, dass Menschen im Winter in der Regel nicht nackt in U-Bahnen, Straßenbahnen und Busse einstiegen. Ihre Angoraunterhose kratzte ein bisschen auf der Haut.

Am Rosenthaler Platz stieg Tessa aus, ging noch ein paar Hundert Meter und stand dann vor dem Gebäude, in dem sie arbeitete. Ihr Büro bei *film for kids* lag im dritten Stock, sie nahm den Fahrstuhl. Als sie das Büro betrat, war Nadja, mit der sie seit Jahren nicht nur das Zimmer, sondern auch Freud und Frust teilte, bereits da. Nadja war von einer Kollegin zu einer guten Freundin geworden und ein fetter Pluspunkt bei *film for kids*. Ihretwegen kam Tessa gern zur Arbeit. Nadja, die sonst nie vor zehn Uhr kam, musste heute vermutlich ebenfalls ihre Stapel vor Weihnachten abarbeiten.

»Morgen, Tessa!«

»Morgen! Ist das nicht herrlich mit dem Schnee?«

»Ja«, sagte Nadja, »aber in einer halben Stunde geht er wieder in Regen über, und dann haben wir Schneematsch und den typischen Schmuddelwinter, wo du eher eine warme Regenjacke brauchst.«

»Du redest ja schon wie Ole, der Winter- und Weihnachtshasser!«

Nadja strich sich ihre halblangen dunklen Haare hinters Ohr und sah Tessa mit ihren rehbraunen Augen an. »Mir graut auch schon vor Weihnachten zu Hause in Wuppertal. Bestimmt löchert mich die ganze Sippe wieder drei Tage lang, ob ich endlich einen Kerl habe. Mit so einer Panik in den Augen! *Hilfe, das Kind ist schon 36!* Du weißt gar nicht, wie gut du es hast – drei Wochen in Thailand am Strand abhängen, herrlich!«

Tessa hängte ihre Jacke an einen Garderobenständer in der Ecke. Sie trug Skinny-Jeans, Stiefeletten und einen himbeerroten Mohairpulli, der ihre offenen blonden Haare umso blonder erscheinen ließ. Sie setzte sich an ihren Schreibtisch, wo ein Foto von Ole und ihr am Strand auf Ko Samui stand. Sie blickte darauf und freute sich plötzlich wieder sehr auf die gemeinsame Reise, die Wärme, das Meer. Keine Daunenjacke und keine kratzige Angoraunterwäsche! Klar, Weihnachten zu Hause war eine gemütliche Zeit, aber die drei Wochen in Thailand würden auch superflauschig werden und ihnen guttun. Sie kamen jedes Mal erholt und voller Kraft aus Asien zurück. Und dazu das leckere Essen, das überhaupt nicht dick machte!

»Man sagt ja, dass man die Menschheit in zwei

Gruppen einteilen kann: in Bader und Duscher und in Weihnachtsliebhaber und Weihnachtshasser«, hörte sie Nadja, während sie ihren Rechner hochfuhr.

»Weißt du«, sagte Tessa versonnen, »ich liebe diese Zeit, wenn überall die Weihnachtsbeleuchtung an ist, ich liebe Braune Plätzchen und vermisse den sagenhaften Stollen meiner Mutter und unsere Gutzeit'schen Bratäpfel am Abend vor Weihnachten. Wenn du die mal probiert hast, weißt du, was echt leckere Bratäpfel sind, mit einer Marzipan-Nuss-Rosinen-Füllung. Aber am allerliebsten mag ich den Moment, wenn am Tannenbaum die Kerzen angezündet werden. Diese besondere Stimmung, das ist für mich Weihnachten.«

»Du bist wirklich eine echte Romantikerin.«

»Aber Ole findet das alles einfach nur kitschig. Vor vier Jahren mit ihm in Kappeln war das schlimmste Weihnachten in meinem Leben. Dann lieber Schnorcheln, Massage und Thaicurry.«

Ihre Praktikantin Julia beendete die Unterhaltung, als sie die Post brachte. Wie immer trug sie ein luftiges T-Shirt, das ihre Tattoos zeigte. »Morgen, die Damen!«

»Hallo, Julia, wie geht's?«, fragte Tessa.

»Heute ist mein Gespräch mit Sebastian wegen der Festanstellung.«

»Wie lange machst du jetzt schon dein Praktikum?«, fragte Nadja.

»18 Monate«, seufzte Julia.

»Na dann, toi, toi, toi! Wir drücken dir die Daumen«, fügte Tessa hinzu.

Als Julia den Raum wieder verlassen hatte, drehte sich Tessa auf ihrem Schreibtischstuhl zu Nadja um und raunte mit verschwörerischer Stimme: »Stell dir vor, was ich gestern Nachmittag auf dem Flur mitgekriegt habe: Mr. Pechvogel ist solo und wieder zu haben! Er hat sich vor drei Monaten von seiner Freundin getrennt.«

»Echt? O mein Gott.« Nadja wurde rot – ob vor Aufregung oder Freude, war schwer zu sagen.

Mr. Pechvogel war Kollege Arne, der die Rabenserie »Die Pechvögel« betreute, eine entzückende witzige Serie aus Kanada. Nadja schwärmte heimlich schon lange für ihn, was im Büro niemand außer Tessa wusste. Aber es hatte immer geheißen, er sei ja mit dieser Schwedin zusammen, angeblich ein Unterwäschemodell, wobei solche Sachen in der Firma schnell mal erfunden wurden. Auf jeden Fall war es jetzt mit der Schwedin aus und Arne wieder frei. Er selbst mochte seine beiden Kolleginnen Tessa und Nadja offensichtlich, denn er kam öfter mal vorbei, den Kaffeebecher in der Hand, und sie redeten und witzelten über die Firma, die Projekte, das Wetter, über Berlin und manchmal auch über Fußball. Arne war Hertha-Fan und entsprechend gebeutelt. Und er war ein netter, humorvoller Typ und passte nach Tessas Meinung hervorragend zu Nadja.

Auf Tessas Monitor erschien jetzt als Bildschirmschoner ein braunhaariges Mädchen, das gerade über einer Eiswaffel mit drei Kugeln eine herrliche Schnute zog: Stella, Tessas Nichte und Patenkind und ein wahrer Schatz. Das Bild war im Sommer entstanden, als Ole und sie in Kappeln zu Besuch gewesen waren und Tessa ihrer Nichte ein Eis spendiert hatte. Die Kleine war inzwischen neun, und Tessa staunte jedes Mal über ihre ganz eigenen Ansichten und ihren sehr speziellen Humor. Schade, dass sie Stella erst wieder im nächsten Jahr sehen würde!

Sie öffnete die Datei für die Folge »Familie Hase – Einschulung«, setzte sich die Kopfhörer auf und schnappte sich das Dialogbuch, dann startete sie den Film. Sie musste darauf achten, ob die Synchronisation auf die Lippenbewegungen der Hasen passte. Es war der letzte Durchcheck, meist war da aber alles in Ordnung.

Der Vorspann mit fröhlicher Musik lief, während die »Familie Hase« wie auf Memorykarten entfaltet wurde. Allein das war schon voll sechziger Jahre! Mama Hase, Papa Hase, die drei Kinder Bunny Blue, Bunny Green und Bunny Yellow, darüber eine pädagogische Stimme (die ebenfalls hoffnungslos altmodisch war und die Tessa gern durch eine junge, freche Kinderstimme ersetzt hätte, aber bisher hatte sie bei ihrem Chef Sebastian auf Granit gebissen): »Das ist ›Familie Hase‹, eine Familie wie jede andere auch, mit Mama, Papa und drei Kindern.« Man sah eines der Kinder mit einer Schultüte, aus der oben Karottengrün herausragte, und die Stimme fuhr fort: »Heute seht ihr, wie Bunny Blue in die Schule kommt, in eine Hasenschule, versteht sich, und was die kleinen Hasen dort alles lernen müssen. Ja, man kann nicht immer nur in der Gegend herumhoppeln und den ganzen Tag lang *Büschchenwechsel-dich* spielen! Für Bunny Blue beginnt heute der Ernst des Lebens, doch um ihm den Anfang zu versüßen, hat Mama Hase ihm in die Schultüte ein Bund frischer Möhren getan!«

Die Einschulungsfolge war die erste der siebten Staffel, die Mitte des folgenden Jahres ausgestrahlt werden sollte. »Familie Hase« lief wöchentlich am Samstagnachmittag um Viertel nach drei auf dem Kinderkanal. In Amerika war sie schon ein Riesenhit gewesen, aber auch beim deutschen Publikum kam sie gut an und hatte sensationelle, vor allem aber stabile Quoten. Doch dafür fühlte Tessa sich nicht verantwortlich, die kreativen Macher der Serie saßen irgendwo in Hollywood, sie war lediglich dafür da, dass die Übersetzung stimmte und eben manches an die deutsche Kultur angepasst wurde. Wie so oft driftete Tessa mit den Gedanken bei der Arbeit ab und malte sich in ihrer Fantasie anhand der Hasenfamilie ihre eigene Zukunft aus: Mama Hase lag auf einer Liege unter Palmen am Strand mit einem Cocktail in der Hand, neben ihr kniete Papa Hase und nahm ihre Hand: »Willst du meine Frau werden?« Und Mama Hase nickte und sagte: »Ja, gern!« Und Papa Hase rief fröhlich: »Das müssen wir feiern! Ich hol schnell eine Flasche prickelnden Möhrchensaft!«

Eine Hand auf ihrer Schulter ließ Tessa zusammenfahren, sie drückte die Stopptaste und nahm die Kopfhörer herunter. Niemand anderes als Sebastian Brückle, ihr Chef, stand da und grinste breit. Sebastian war Schwabe und hatte seinen Dialekt auch nach vielen Jahren in Berlin nicht verloren. Er hatte sich vom ehemals militanten Hausbesetzer zum cleveren Geschäftsmann gewandelt, der besonders gern hübsche Praktikantinnen ausbeutete. Auch Tessa hatte hier nach ihrem Amerikanistikstudium vor vielen Jahren mal mit einem Praktikum angefangen, das niemals zu enden schien, Nadja ebenfalls.

»Mädle, net vergesse: Heut zur Weihnachtsfeier gute Laune mitbringä! Des isch Anordnung von ganz oba!« Er grinste, und Nadja und Tessa warfen sich einen vielsagenden Blick zu. Die alljährliche Weihnachtsfeier, bei der er es »so richtig krachen ließ«, war Sebastian immer ein besonderes Anliegen. »Des isch wichtig, dass mir mal so richtig feiern!«, war dann sein Motto, das er angetrunken auf der Weihnachtsfeier so oft wiederholte, dass es in der Firma bereits eine stehende Redewendung war.

»Un auch net vergesse: Die Geschenkle für de Julklapp bei der Moni abgebä!« Moni war seine Assistentin, und manche in der Firma behaupteten, sie sei vielleicht auch mehr. Das konnte gut sein, denn dass Sebastian gern mal zu nahe kam, hatte seit einiger Zeit aufgehört. Gott sei Dank, es gab nichts Ätzenderes als einen Chef, der zutraulich wurde. »Uffbasse, nur kloine Sache, maximal drei Euro, und schö grauslig!« Der Julklapp war sein besonderer Spleen. Sebastian war der Meinung, dass gerade der Julklapp mit den kleinen, geschmacklosen Geschenken das Betriebsklima nachhaltig verbesserte.

Er zog einen Briefumschlag aus seinem Cordjackett. Damit wedelte er vor Tessas Nase herum. »Da, ä Bschwerde von oiner Frauenbeauftragten. Unsere »Familie Hase« isch reaktionär und entspricht nicht dem modernen Frauen- und Familienbild!«

Tessa holte tief Luft, das war die Vorlage, um Sebastian endlich auch ihre Meinung zur »Familie Hase« zu sagen. »Na ja, darüber will ich ja schon länger mit dir reden. Ich habe das Gefühl, dass die Serie behäbig ist, altmodisch. Schon allein diese Sprecherstimme, da könnten wir doch eine freche Kinderstimme nehmen!«

Sebastian winkte ab. »Aber die Kids möga se, und die Quode isch au super. Grad weil des a bissele altmodisch isch, des isch ja grad cool. Noi, noi, Gutzeitle, da wird nichts geändert, solange i hier d Boss bin!«

Tessa hasste es, wenn Sebastian sie »Gutzeitle« nannte, das war noch so eine Frechheit. Eines Tages würde sie hier kündigen und ihm bei der Kündigung all das an den Kopf werfen. Wie oft hatte Tessa sich schon ausgemalt, was sie Sebastian bei dieser Gelegenheit alles sagen wollte.

Ihr Chef war schon auf dem Weg zur Tür, drehte sich aber noch mal um und zeigte auf den Brief: »Wenn sich oine Frauenbeauftragte aufregt, dann liege mir grad richtig!«

Als er endlich verschwunden war, öffnete Tessa ihre Schublade, holte eine Krawatte mit Glitzer und hässlicher Weihnachtsdeko heraus und hielt sie hoch. »Mein Julklapp-Präsent habe ich jedenfalls schon!«

3

Kurz nach vier ging Tessa los, um Geschenke für ihre Familie zu kaufen, die dringend am nächsten Tag zur Post mussten, und dann hatte sie noch einen Termin bei der Kosmetikerin. Nadja hatte ihr eingeschärft, zur Weihnachtsfeier bloß pünktlich wieder da zu sein, sonst würde Sebastian, der Gute-Laune-Diktator, böse. Anschließend hatte sie noch Sebastians Mantra parodiert: »Des isch wichtig, dass mir auch mal so richtig feiern!«

Die Straßen waren voll und vom Schnee nichts mehr zu sehen. Es war bereits wieder dunkel und die Weihnachtsbeleuchtung schon eingeschaltet, was Tessas Herz höher schlagen ließ. Auch wenn sie die Adventszeit liebte, in den letzten Jahren war ihr der Advent immer etwas sinnlos vorgekommen, denn er endete nicht mit Weihnachten, sondern manchmal noch vor dem Entzünden der vierten Kerze mit einem Flug nach Bangkok. Wie aufregend war das früher vor Weihnachten als Kind gewesen, mit dem Adventskalender, dem Adventskranz und den vier Kerzen, von denen Woche für Woche eine mehr angezündet wurde. Zu sehen, wie Weihnachten immer näher rückte. Aber diese Großstadthektik hier fand Tessa grauenvoll. Alle drängelten und waren so gestresst, weil sie noch ihre endlos langen To-do-Listen abarbeiten mussten. Wie dumm von ihr, die Geschenke auf den letzten Drücker zu besorgen! Die Verkäuferinnen taten ihr leid. Sie wirkten so, als wenn sie Heiligabend um 16 Uhr bestimmt nur todmüde ins Bett fielen. Und die Dauerberieselung mit ausgeleierter Weihnachtsmusik war ja schon nicht auszuhalten, wenn man sie bloß zehn Minuten lang anhören musste.

Zum Glück wusste Tessa genau, was sie wollte, und fand es schnell. Für ihre Mutter besorgte sie in der Galerie Lafayette ein edles Wolltuch in gedeckten Farben und eine schöne Glasvase, die sie sich bruchsicher verpacken ließ. Für Susanne suchte sie in einem angesagten Laden Modeschmuck einer Designerin aus, der etwas ausgefallener war. Mit Maren schenkte sie sich schon seit Jahren nichts mehr, und bei ihrem Patenkind Stella hatte Tessa den Verstärker für eine E-Gitarre spendiert, den ihre Schwester aber besorgen wollte. Für ihren Vater, den alten Tüftler, hatte sie bereits übers Internet einen Gutschein für den Baumarkt in Kappeln besorgt. Tessa vermisste seine schrägen Erfindungen zu Weihnachten. Ein schneiender Springbrunnen zur Jahrtausendwende war ihr Favorit, leider war die Sicherung am ersten Weihnachtstag durchgeschmort. Auch die Türklingel, die *Jingle Bells* spielte, von vor vielleicht fünf, sechs Jahren war super, aber eierte nach zwei Tagen und klang dann so, als wenn ein Betrunkener lallte.

Tessa stand vor dem Kosmetiksalon Beauty Deluxe, trat ein mit ihren Tüten. Alina, eine der angestellten Kosmetikerinnen, begrüßte sie. »Wieso kaufst du Geschenke, Schätzchen, wenn du wegfährst in Urlaub?«

»Ach, für die Familie zu Hause in Kappeln«, sagte Tessa.

Alina hatte schwarz gefärbte lange Haare und immer sehr stark betonte Augenbrauen über ihren grünen Augen. Tessa hatte noch nie ein so ausdrucksstarkes Augenpaar erlebt. Der Salon war schlicht, an den weißen Wänden hingen ein paar gerahmte Fotoreproduktionen von stark vergrößerten Blütenkelchen. Alina führte sie in die kleine Kabine, wo Tessa sich bis auf die Unterwäsche auszog. Man kannte sich seit Jahren. Alina wusste alles über ihre Kundinnen, meist nur durch wenige Fragen. Sie selbst war Russin und früher mal Sportlehrerin gewesen, jetzt lebte sie seit einigen Jahren in Berlin. Tessa fühlte sich bei Alina gut aufgehoben, auch wenn die Angelegenheit, derentwegen sie kam, schmerzhaft und unangenehm war. Beinenthaarung. Die natürlich nur deshalb nötig war, weil sie mit Ole in den Badeurlaub fuhr. Hätte sie Weihnachten brav in Kappeln gefeiert, wäre sie drum herumgekommen.

Als Tessa sich auf den Rücken auf die mit weißem Papier bedeckte Liege gelegt hatte, begann Alina mit dem Einwachsen der Unterschenkel und redete nebenbei die ganze Zeit über irgendwelchen Ärger mit ihrer Hausverwaltung, sodass Tessa sich bald dem Schwall der Worte mit dem leichten russischen Akzent hingab. Sie versuchte, während der Prozedur an etwas Schönes zu denken: an Sonne, Strand, Schnorcheln, Chillen in der Hängematte und prächtige Sonnenuntergänge, die sie gemeinsam mit Ole bei einem Cocktail betrachtete.

Alina riss sie aus ihren Tagträumen: »Wie lange seid ihr jetzt zusammen, du und Ole?«

»Vier Jahre und neun Monate. Zusammenleben tun wir schon viereinhalb Jahre, also, da ist Ole mit seinem Koffer bei mir eingezogen.«

Alina lächelte. »Und wann wird geheiratet?«

Tessa guckte etwas unsicher. »Na ja, Ole ist ja Künstler. Er findet Heiraten spießig, und wenn, dann will er nur mit den Füßen im Indischen Ozean getraut werden. – Aua!«

Alina hatte ein Blatt abgerissen.

»Und du? Willst du etwa im Bikini im Indischen Ozean heiraten?! Ohne Brautkleid?« Da war sie wieder, diese postsozialistische Strenge einer ehemaligen Sportlehrerin. Und dazu die erhobenen Augenbrauen.

Ehe Tessa antworten konnte, guckte Alina ganz versonnen: »Meine Hochzeit mit Dimitri war ganz groß und mit einem langen Kleid. Fünfzehn Meter Seide hat meine Tante Sonja verarbeitet! Das muss auch einfach sein, das lässt sich doch keine Frau entgehen. Man heiratet schließlich nur einmal im Leben!«

»Autsch!« Das letzte Blatt wurde von Tessas Wade abgerissen.

Alina, die es immer wieder schaffte, Tessa von den schmerzhaften Momenten der Enthaarung abzulenken, lächelte. »Jetzt bist du bereit für schönen Thailand-Liebesurlaub! Wer weiß, vielleicht macht Ole dir zu Silvester einen Antrag unter Palmen!«

Nun lächelte auch Tessa wieder. Und freute sich. Die

letzte Hürde war nur noch die dämliche Weihnachtsfeier. Dann hatte sie Urlaub und konnte in Ruhe packen und sich freuen. Übermorgen ging es los, nach Bangkok, dann weiter mit dem Anschlussflug direkt nach Ko Samui, ins Glück. Drei Wochen lang. Nadja hatte recht, sie war zu beneiden.

Plötzlich zeigte Alina auf Tessas Angoraunterhose und guckte dabei sehr streng: »Aber, Schätzchen, die ist was für alte Omas und für Sibirien. Kauf dir mal was Schickes!«

Tessa nickte kleinlaut und zog sich wieder an. Sie gab Alina heute ein besonders großzügiges Trinkgeld, einfach weil sie gerade so happy war, weil Weihnachten vor der Tür stand, weil es Russen in der Fremde nicht leicht hatten und weil die arme Alina nicht wegkonnte, sondern gleich nach Weihnachten wieder arbeiten musste und anderen Frauen die Körperhaare wegmachen, die Nägel schneiden, feilen und lackieren und den ganzen Tag reden und zuhören musste – und manchmal eben auch streng sein. Weil die arme Alina sich Thailand nicht leisten konnte und im Regen in Deutschland bleiben musste. Es gab viele gute Gründe, einfach mal großzügig zu sein.

Fröhlich verließ Tessa den Salon. Es war halb sechs, und sie würde in einer halben Stunde rechtzeitig zur Weihnachtsfeier zurück im Büro sein. Sie musste jetzt nur noch das jährliche Horrorevent in der Firma überstehen und Haltung bewahren. Wieder spürte Tessa das unangenehme Jucken der Angoraunterhose auf der Haut. Wie es der Zufall so wollte, kam sie gerade an einem Dessousladen vorbei, in dessen Auslage rote und schwarze Edeldessous dekoriert waren. Eine Schaufensterpuppe trug darüber noch einen sehr eleganten kurzen Kimono aus dunkelroter Seide. Tessa fragte sich, warum die Damenunterwäsche jedes Jahr um Weihnachten herum plötzlich schwarz und rot wurde, und ging in den Laden, um sich genau so was zuzulegen. Sie entschied sich für einen schwarzen Spitzen-BH mit dezent dunkelrot eingearbeitetem Muster und einen dazugehörigen Slip von Prima Donna. Und sie behielt beides auch gleich an, unten drunter, für Ole, vielleicht später. Wenn Tessa so darüber nachdachte, hatten sie bestimmt schon zwei Wochen nicht mehr miteinander geschlafen. Sie wusste selber nicht so recht warum. Den perfekt dazu passenden dunkelroten Seidenkimono nahm sie kurz entschlossen auch noch und ließ ihn sich in weißes Seidenpapier einpacken. Ole würde Augen machen. Sie hoffte, dass er heute beim Casting die Rolle bekommen hatte und sich nachher zu Hause nicht wieder frustriert amerikanische Serien reinzog und sie ihn erst wiederaufbauen musste.

4

Als Tessa im Bürogebäude von *film for kids* aus dem Fahrstuhl kam, dröhnte schon die Technomusik von der Weihnachtsfeier durch den Flur. Sie legte ihre Jacke und die Geschenke in ihrem Büro ab. Dann ging sie zu den anderen, die sie mit lautem »Hallo!« und »Da bist du ja!« begrüßten. Moni, Sebastians Assistentin, setzte ihr eine blinkende Weihnachtsmütze auf, so wie alle sie trugen, und nun gehörte Tessa zur großen Büroweihnachtsfeiergemeinschaft dazu. Man merkte, dass sich die anderen schon am Nachmittag das eine oder andere Gläschen gegönnt hatten. Nadja kam und drückte Tessa auch ein Glas mit Glühwein in die Hand. »Anders ist das hier nicht auszuhalten«, raunte sie ihr zu, und Tessa lächelte dankbar. Zum Glück tanzten sie noch keine Polonaise, das war letztes Jahr Sebastians Wunsch gewesen. Grauenvoll, wie kurz vor Weihnachten immer der schwäbische Spießer in ihm zum Vorschein kam. Wenn seine alten Hausbesetzerfreunde das wüssten!

»Du siehst supersexy aus mit der Weihnachtsmütze auf deinen langen blonden Haaren«, flüsterte Nadja Tessa zu, »die Typen gucken schon alle.«

Sie standen am Büfett, das Moni organisiert hatte und das aus Buletten, Salaten, Asiaspießen und Kanapees bestand. Tessa nahm sich eine Bulette und zwei

Kanapees und verputzte sie hungrig, sie hatte den ganzen Tag über fast nichts gegessen.

»Wie läuft es an der Arne-Front?«, fragte Tessa leise.

»Als du in der Stadt warst, hat er eine Viertelstunde bei mir im Büro abgehangen und wollte wissen, wo ich Weihnachten feiere.«

»Und wie feiert er?«

»Oh, das habe ich vor lauter Aufregung ganz vergessen zu fragen«, sagte Nadja.

»Na, das kannst du ja noch nachholen«, beruhigte Tessa sie. »Geh mal ein bisschen näher zu ihm, gleich gibt es doch Julklapp, da habt ihr dann sofort wieder was zu reden!«

Jemand drehte die Musik leiser, denn vorne stand nun Sebastian mit dem großen Jutesack, aus dem er die Julklappgeschenke verteilte, und Nadja bewegte sich unauffällig Richtung Arne. Jeder bekam eines der kleinen Säckchen, die alle gleich aussahen, und packte nun die Geschmacklosigkeit, die er erhalten hatte, aus. Tessa hatte es ganz übel erwischt dieses Jahr: ein Kugelschreiber mit nackten Menschen in Dünen, die, je nachdem wie man den Kugelschreiber drehte, Sex hatten oder nicht. Da hatte ein Oberstreber die Vorgabe »geschmacklos« mehr als übererfüllt. Während Tessa das Ding noch fassungslos anstarrte, raunte ihr Dirk, der IT-Fachmann der Firma, der plötzlich neben ihr stand, zu: »Der ist von mir!«

Dirk trug meist Kapuzensweatshirts und hatte aus Prinzip leicht fettige, halblange Haare, die ihm vermutlich was von einem genialischen Computernerd geben sollten. Manche nannten ihn auch heimlich »Schwabbel«, weil er einen Body-Mass-Index von weit über dreißig hatte. Er hatte schon letztes Jahr auf der Weihnachtsfeier versucht, sich an Tessa heranzumachen, und war ihr bei der Polonaise gar nicht von der Pelle gerückt. Tessa ignorierte Dirk daher einfach und wandte sich Sebastian zu, der neben ihr stand.

»Was hast du denn Schönes gekriegt?«, fragte sie ihren Chef, der prompt sagte: »Oh, i han no net nachgschaut!« Und er zog die Krawatte von Tessa aus seinem Säckchen und verzog angewidert das Gesicht. Laut rief er in den Raum: »Wenn ich den verwisch, der die rausgsucht het, der kriegt glei ä frischtlose Kündigung!«

Alle starrten auf die herrlich kitschige Krawatte, und es bildete sich ein Chor: »Anziehen! Anziehen! Anziehen!« Tessa zückte ihr Smartphone und filmte die Szene. Sie und Ole nahmen immer wieder mal kleine, absurde oder lustige Szenen auf, um daraus eines Tages einen Film zu machen. Sebastian machte gute Miene zum bösen Spiel, zog das Ding an und posierte auch noch keck vor Tessas Smartphone.

Kurz darauf steckte Tessa das Telefon und ihren neuen Kuli in die Hosentasche und ging auf den Flur. Sie wollte frische Luft schnappen. Auf dem Weg zum Balkon traf sie Nadja, die mit Arne und mit ein paar anderen Kollegen zusammenstand und herumflachste.

»Na, was hast du Schönes bekommen?«, fragte Nadja.

Tessa holte den Kuli von Dirk heraus und führte ihn vor, Nadja und Arne kriegten sich nicht ein vor Lachen.

»Der ist ja einfach spitzenmäßig!«

»Von Schwabbel«, sagte Tessa. »Und was habt ihr gekriegt?«

Arne zeigte eine Tasse in Form eines Dackels und Nadja eine Schneekugel, in der rosa Schnee über einem Weihnachtsmann in Lackleder herunterfiel.

Tessa sah ihre Praktikantin Julia zusammengekauert auf dem Balkon und ging hinaus zu ihr. Sie legte Julia, diesem Häuflein Elend mit Weihnachtsmütze, den Arm um die Schultern. Man sah, dass Julia geweint hatte. Ihre blonden Haare hingen traurig und schlapp unter der Mütze, und sie war noch blasser als sonst. Ihr Lippenpiercing zitterte.

»Julia, was ist denn?«

»Sebastian ist so ein Arsch! Ich könnte den ganzen Laden in die Luft sprengen.«

»Geht es um die Festanstellung?«

»Ab ersten Januar. Das hatte er mir fest versprochen und, vorhin hat er gesagt, doch noch ein halbes Jahr länger Praktikum.«

»Das hat er bei mir damals genauso gemacht. Er weiß einfach, dass er sich das erlauben kann, weil er im Medienbereich Praktikanten ohne Ende findet. Vielleicht suchst du dir besser was anderes. So toll ist der Laden hier doch auch wieder nicht. Ich versauere schon seit Jahren bei meinen Hoppelhasen!«

Julia schien sich wieder etwas zu fangen und fischte eine Zigarette aus ihrer Packung, während Tessa den tollen Blick über Berlin genoss, den man vom Balkon aus hatte. Man sah sogar den Fernsehturm. Julia bot ihr eine Zigarette an, doch Tessa winkte ab.

»Nee, hab aufgehört.«

»Biste schwanger?«

Tessa schüttelte den Kopf.

»Aber willste gern bald werden, stimmt's?«

Tessa zuckte mit den Schultern, lächelte und nickte dann.

»Cool, dann werd ich deine Schwangerschaftsvertretung!«

Tessa war irritiert über diese Wendung des Gesprächs und sauer, dass Julia so wenig weibliche Solidarität zeigte. Aber sie schrieb es dem Glühwein zu und ging wieder rein.

In der Kaffeeküche quatschte sie eine Weile mit zwei Kolleginnen vom anderen Ende des Flurs, die sie selten zu Gesicht bekam. Als sich dann auch noch Moni zu ihnen gesellte und reichlich angeheitert ein paar interessante Details über Sebastian und die Firma ausplauderte, wurde es noch ganz amüsant.

Irgendwann fragte sich Tessa, was Nadja wohl machte, und ging sie suchen. Im Konferenzraum wurde inzwischen wild getanzt. Die Beats aus der Anlage, die Sebastian laut Moni eigens für die Weihnachtsfeier gekauft hatte, waren bestimmt noch kilometerweit auf der Straße zu hören. Doch Nadja war nicht unter den Tanzenden zu sehen.

Als Tessa wieder auf den Flur trat, fiel ihr Blick auf die Tür zum Kopierraum, die halb geöffnet war. Drinnen war es dunkel, aber Tessa nahm eine leichte Bewegung am Kopierer wahr. Als sie genauer hinschaute, erkannte sie Nadja und Arne, die eng umschlungen miteinander herumknutschten. Tessa war erst etwas überrascht, aber dann lächelte sie und freute sich für

Nadja. Vielleicht hatte sie zumindest eine aufregende Nacht mit Arne vor sich. Sie ging nachdenklich ein paar Schritte weiter, da grapschte ihr jemand von hinten an den Po. Erschrocken fuhr sie herum. Sie sah auf IT-Dirk. Dessen Lippen waren schon ganz rot vom vielen Glühwein, und die Weihnachtsmütze saß schief auf seinen halblangen, leicht fettigen Haaren und blinkte verlangsamt, als wenn die Batterie gleich ihren Geist aufgeben würde. Er schien ganz schön angetrunken.

»Na, Tessababy, geiler Hintern, wollte ich dir immer schon mal sagen! Du bist echt 'ne supersteile Kollegin!«

Tessa bekam den Mund nicht wieder zu. Sie hasste Weihnachtsfeiern, sie hasste Glühwein, sie hasste Menschen, die nicht mehr wussten, was sie tun. Sie hasste Kollegen, die sich Mut antrinken mussten, um dann auf einer Weihnachtsfeier ihrer Geilheit freien Lauf zu lassen. »Danke, Dirk, ich wollte dir auch schon immer mal sagen, dass deine Wabbelbrüste enorm beeindruckend sind.«

Jetzt war Dirk sprachlos, stand da mit offenem Mund, wirkte plötzlich nüchtern. Tessa hatte endgültig genug. Draußen eine frustrierte Praktikantin, die nur auf ihre Stelle lauerte, und drinnen angetrunkene Kollegen, die so viel Mist bauten, dass ein ganzes Jahr nicht ausreichte, das wieder glattzubügeln. Zwangsweihnachtsfeiern in Büros und Betrieben gehörten verboten! Tessa warf einen Blick auf die Uhr in ihrem Smartphone: immerhin schon kurz nach neun. Und weil es wirklich keinen Grund mehr gab zu bleiben, da die einzige vernünftige und liebenswerte Person soeben im Kopierraum herumknutschte, was das Zeug hielt, beschloss Tessa, zu gehen und Ole zu Hause mit ihrem frühen Kommen zu überraschen. Sie freute sich auf ihn, auf einen gemütlichen Abend auf dem neuen Sofa, das sie sich monatelang zusammengespart hatte.

Tessa eilte in ihr Büro, zog die Jacke über und griff nach ihren Tüten mit den Geschenken. Sie warf einen letzten Blick in den Raum und rauschte dann Richtung Fluchttreppenhaus, um unbemerkt von den anderen und vor allem unbemerkt von Sebastian zu entkommen. Wer sie so gesehen hätte, hätte wirklich vermutet, dass da jemand auf der Flucht war.

5

Das Taxi nahm die Route durch Mitte nach Prenzelberg. Tessa sah durchs Fenster die Weihnachtsbeleuchtung überall. Die Geschäfte hatten bereits geschlossen. Sie atmete tief durch. Yeah! Sie hatte Weihnachtsferien! Drei Wochen frei! Sie konnte es noch gar nicht glauben. Noch steckten ihr jedoch die Weihnachtsfeier und dieser widerliche Dirk in den Knochen. Vorne quatschte der Taxifahrer ununterbrochen, Tessa hörte seinem Redeschwall nur mit halbem Ohr zu.

»Will die Olle unbedingt 'ne neue Küche mit Flüsterschubladen, ick meene, ick fahre mir hier jede Nacht eenen ab, und die Konkurrenz wird och immer größer. Weihnachten ist natürlich jutet Geschäft mit die janzen Weihnachtsfeiern und so, wenn se eenem nicht die Taxe vollkotzen, is och schon vorjekommen. Aber Heiligabend, det is heilig. Da komm wa alle zusammen, die janze Sippe, det volle Programm, Boom, Kerzen, aber echte! Und Jeschenke, bis der Arzt kommt. Wissen Se, ick versteh die Leute ja nich, die Weihnachten in die Karibik fahrn, nach Kuba oder Australien. Na, leck ma doch die Bollen. Da schmelzen doch de Kerzen bei vierzig Grad im Schatten!«

Tessa musste schmunzeln. Berliner Taxifahrer, noch so eine Pest.

»Und wo feiern Se Weihnachten?«, wollte er schließlich mit einem prüfenden Blick in den Rückspiegel wissen.

»In Thailand, auf Ko Samui. Ohne Kerzen, weil's zu heiß ist«, sagte Tessa und freute sich, dass er zur Abwechslung mal sprachlos war. »Da vorne rechts können Sie dann halten«, fügte sie hinzu.

Er stoppte, sie zahlte und gab noch ein weihnachtlich großzügiges Trinkgeld für die Flüsterschubladen.

»Firma dankt und denn schönet Fest!«, grummelte der Fahrer.

»Danke, das wünsche ich Ihnen auch.«

Tessa stieg aus. Sie sah Licht in ihrer Wohnung, also war Ole da. Es war schön, nach Hause zu kommen und zu wissen, dass da jemand auf einen wartete, den man liebte. Nicht allein zu sein. Der Mond stand groß und hell über der Straße. Ein paar Sterne waren am städtischen Nachthimmel mehr zu erahnen, als wirklich zu sehen. Wie toll waren immer die Sternenhimmel auf Ko Samui!

Tessa betrat den Hausflur. Als sie die Wohnung aufschloss, wunderte sie sich über die ziemlich laute Popmusik aus dem Wohnzimmer. Die Tür zum Wohnzimmer war geschlossen, sie rief ein »Bin wieder da!«, aber bei der Lautstärke konnte es gut sein, dass Ole sie gar nicht hörte. Sie hängte ihre Tasche und Daunenjacke an die Garderobe und nahm die Weihnachtsmütze aus der Jackentasche. Tessa warf einen Blick darauf und musste plötzlich grinsen. Sie hatte eine Idee.

Tessa verschwand ins Bad und kam kurz darauf in dem neu erworbenen Spitzen-BH und dem passenden Slip wieder heraus. Sie schnappte sich aus dem Schuhregal im Flur ein paar High Heels, zog sie an und stellte sich in aufreizender Pose vor den Flurspiegel. Dann setzte sie noch die Weihnachtsmütze auf, die auf ihren langen blonden Haaren keck blinkte. Sie sah aus wie ein Unterwäschemodell aus der Weihnachtswerbung. Zu guter Letzt fischte sie aus ihrer Tasche noch den eingepackten Kimono, wickelte ihn aus dem Seidenpapier und zog ihn über. Auch wenn Ole ein Weihnachtshasser war – Tessa war überzeugt, dass ihm ihr Aufzug gefallen und er Augen machen würde. Manchmal musste man seinen Partner – und sich selbst – eben auch mal überraschen. Sie schloss den Kimono vorn mit dem Gürtel, Ole sollte sie ja noch selbst auspacken. Dann lächelte sie sich im Spiegel an, atmete tief durch und öffnete die Tür zum Wohnzimmer – nicht ahnend, dass dies der letzte Moment eines anderen Lebens war.

Das Wohnzimmer war dunkel, doch Tessas Weihnachtsmütze ließ die Szenerie, die sich ihr bot, in rot blinkendem Licht erscheinen. Ole lag auf dem Sofa, hatte aber seinen Anzug noch an. Tessa sah eine blonde Mähne über einem dunkelblauen Stewardesskostüm auf und ab wippen und wusste sofort, wer da auf Ole saß. Eine leere Flasche Sekt lag auf dem Boden und zwei halb volle Sektgläser standen auf dem Couchtisch. Es war einer dieser Momente, in denen man sich wünscht, im Erdboden zu versinken, einfach weg zu sein.

In Schockstarre stand Tessa in ihrer weihnachtlichen Verkleidung in der Tür. Ole hatte sie durch das Blinken natürlich auch sofort entdeckt. Einen Moment später drehte sich auch Steffi, die mit dem Rücken zu ihr war, um, und beide starrten sie an, als wäre sie der Teufel im Kimono. Man konnte wirklich nicht sagen, wer sich mehr erschreckte.

Tessa ging zur Anlage und schaltete die Musik aus. Es kehrte Stille ein. Eine sehr stille Stille. Und peinliches Schweigen. In ihrem Outfit schämte Tessa sich doppelt und dreifach. Sie nahm die Mütze vom Haar, pfefferte sie auf den Boden und stotterte völlig fassungslos: »Was macht ihr da auf meinem neuen Bettsofa?«

»Du, äh, also die Steffi ... das ist jetzt echt nicht, was du vielleicht denkst ...«, stammelte Ole.

»Was denke ich denn?«, schrie Tessa. Ihre Stimme kippte fast. »Dass ihr hier bei Popmusik poppt, während ich bei der Weihnachtsfeier bin?!«

Steffi war inzwischen von Ole runter, klaubte ihre Sachen zusammen und huschte gebückt und mit einem bedröppelten »Sorry, Tessa!« aus dem Wohnzimmer. Man hörte noch, wie sie sich im Flur hastig anzog.

Ole hatte inzwischen Boxershorts und Anzughose wieder hochgezogen und ging nun beschwichtigend auf Tessa zu. »Tessa, es hat wirklich nichts zu bedeuten. Steffi kam mit einer Flasche Sekt vorbei und hatte Megafrust, war notgeil und, na ja ...«

»Du meinst, da hast du ausgeholfen? Nachbarschaftshilfe sozusagen?«

Ole guckte belämmert, aber dann zeigte er auf Tessas Outfit. Vor lauter Wut hatte sie nicht bemerkt, dass sich der Kimono vorn geöffnet hatte und nun die edlen Dessous zu sehen waren. »Was hast du denn da Schickes an?«

Die Bezeichnung *Jemandem eine knallen* traf vollkommen auf das zu, was nun folgte. Tessa holte aus, und es knallte wirklich, als ihre Hand auf seiner Wange landete. So wütend war sie in ihrem ganzen Leben noch nicht gewesen. Ihre Hand brannte.

Sie stapfte auf ihren High Heels ins Schlafzimmer, nahm Oles Koffer vom Schrank und warf seine Sachen hinein, alles, was sie zu fassen bekam. Dann schleppte sie den Koffer raus auf den Balkon und pfefferte ihn von dort auf die Straße, wo sich die Sachen auf dem Bürgersteig verteilten.

Ole folgte ihr, blieb aber in einer Art Sicherheitsabstand und redete die ganze Zeit beruhigend auf sie ein. »Tessa, das war ein Riesenfehler, ich weiß. Ich habe Mist gebaut, aber bitte, bitte, beruhige dich! Ich liebe dich! Das gerade eben war doch einfach nur Sex.«

Tessa rauschte an ihm vorbei wieder ins Wohnzimmer, nahm seine Hanteln, die dort herumlagen, und seine DVDs, marschierte damit erneut auf den Balkon und warf wieder alles runter auf die Straße. Das tat gut, war aber nur ein Tropfen auf dem heißen Stein.

»Bitte, Tessa, lass uns in Ruhe reden. In Thailand bringen wir das alles wieder ins Lot!«

»Ah, danke für das Stichwort!« Tessa ging zum Esstisch und griff nach den beiden Flugtickets, die dort lagen. Sie drehte sich zu Ole um und zerriss sie vor seinen entsetzten Augen genüsslich in viele kleine Stücke.

»So, und jetzt raus aus meiner Wohnung und für immer aus meinem Leben!«

Ole stand da wie in Schockstarre.

»Den Haustürschlüssel!« Sie hielt die offene Hand hin.

Er fischte aus seiner Hosentasche den Schlüssel und gab ihn ihr.

Und dann ging er, endlich, Richtung Tür, und Tessa hörte das Schloss der Wohnungstür.

Sie ließ sich in den Sessel fallen und starrte auf den Stuck an der Zimmerdecke, bis alles zerfloss, weil sich ihre Augen mit Tränen füllten. Soeben war eine ganze Welt zusammengebrochen. Nicht nur die letzten vier Jahre und neun Monate, auch ihre Zukunft, alles lag in Scherben.

6
23. Dezember

Regenschlieren zogen am Fenster entlang, dahinter waren trostlose Äcker mit ein paar Windrädern zu sehen und ein recht grauer Himmel. Tessa verfolgte den Verlauf der Regentropfen an der Scheibe, wie sie erst in der Horizontalen blieben und dann plötzlich absackten.

Sie saß im Zug von Kiel nach Flensburg, der rappelvoll war, weil offensichtlich noch alle auf den letzten Drücker für ihre Weihnachtseinkäufe nach Kiel oder Eckernförde wollten. Sie hatte in Hamburg und in Kiel umsteigen müssen, dabei stets ihr ganzes Gepäck von Zug zu Zug gehievt. Zwei Tage und zwei Nächte lang hatte sich Tessa in Berlin die Augen ausgeheult. Gestern Nachmittag dann hatte sie es nicht mehr ausgehalten und zum Telefonhörer gegriffen, um ihren Eltern zu sagen, dass sie nach Kappeln kommen würde.

Als ihre Mutter ihre verweinte Stimme hörte, wollte sie gleich wissen, ob was mit Ole sei.

»Es ist aus und vorbei, Mama«, hatte Tessa nur geantwortet, »ich halte es hier in Berlin einfach nicht mehr aus!«

»Wir freuen uns auf dich, Schätzchen! Sag Bescheid, wann wir dich in Süder am Bahnhof abholen sollen!«

Tessa hatte bis auf Nadja, die noch kurz vor ihrer

Abfahrt nach Wuppertal vorbeigekommen war und sie lieb getröstet hatte, niemanden sehen wollen. Nadja erlebte gerade das komplette Gegenteil von Tessa: Sie war frisch verliebt in Arne, mit dem sie eine traumhafte Nacht gehabt hatte. Und Arne schien auch in sie verliebt und die Sache als etwas Ernstes zu sehen. Nadja schwebte entsprechend im siebten Himmel. Doch aus Rücksicht auf Tessa hatte sie sich mit Details sehr zurückgehalten, obwohl sie sicher, wie alle Frischverliebten, ihrem Liebescoach Tessa gern alle Einzelheiten geschildert hätte und was an Arne so einmalig und warum er der tollste Mann auf dem Planeten war. Tessa hatte zwar immer wieder gesagt: »Du kannst mir ruhig von deinem Glück erzählen!«, aber Nadja hatte abgewunken: »Doch nicht in deinem Zustand!«

Und so wie Tessa seit Monaten der Liebescoach von Nadja gewesen war, so war Nadja jetzt der Trennungscoach von Tessa. Nachdem ihr Tessa in allen Details die peinliche Situation nach ihrer Rückkehr von der Weihnachtsfeier geschildert hatte, hatte Nadja sie darin bestärkt, dass Ole ein totales Arschloch war, und ihr ein paar Verhaltensregeln auferlegt, die alle auf dasselbe hinausliefen: Absolute Kontaktsperre! Nicht an die Tür! Nicht ans Telefon! Nicht auf Mails oder SMS von ihm antworten! Kein Wort mehr mit ihm reden und auf keinerlei Versöhnungsangebot einlassen.

»Funkstille, Eiserner Vorhang, hast du das verstanden, Tessa?«, hatte Nadja ihr eingeschärft. »Er ist Nordkorea, und du bist Südkorea, alles klar?«

Tessa hatte sich in ihrer Wohnung und ihrem Kummer vergraben und weder auf Telefon- noch Türklingeln reagiert. Sie hatte viel Wein getrunken, kaum gegessen, stundenlang in der Badewanne gelegen und dabei auf dem iPod Amy Winehouse gehört, diese prächtige Liebeskummerkennerin, und sie hatte sich die ganze Zeit das Hirn zermartert, wie sie sich so dermaßen in Ole hatte täuschen können. Und immer wieder hatte sie dieses Bild vor Augen, wie sie in ihrem peinlichen Aufzug das Wohnzimmer betrat und Ole und Steffi da im rot blinkenden Licht ihrer Weihnachtsmütze beim Sex auf ihrem neuen Sofa ertappte. Sie würde in ihrem Leben nie wieder einer Lufthansa-Stewardess unvoreingenommen begegnen können, soviel war sicher.

Tessa fragte sich, warum Ole es so aufregend fand, dass Steffi ihr Kostüm anbehalten hatte, und ob die Sache einmalig war oder ob sich die beiden schon öfter gegenseitig »Nachbarschaftshilfe« geleistet hatten. Nadja hatte mit der ihr eigenen Wuppertaler Art gesagt: »Das ist doch scheißegal, ob er dich *ein Mal* betrogen hat auf *deinem* Sofa oder *mehrmals*. Es macht überhaupt keinen Unterschied. Er ist auf jeden Fall ein Oberarsch und unter deiner Würde.«

Tessa hatte die Wohnung nicht verlassen, weil sie niemandem begegnen wollte. Heute Vormittag war sie dann sogar mit dem Taxi zum Hauptbahnhof gefahren, weil sie sich so kraftlos fühlte.

Als der Zug jetzt über die Schleibrücke bei Lindaunis fuhr, schlug Tessas Herz höher, wie immer, wenn sie die Schlei erblickte. Es war gerade mal kurz nach drei nachmittags und begann bereits zu dämmern. Im Winter wurde es hier im Norden früher dunkel als in Berlin, und im Sommer war es deutlich länger hell. Hier, jenseits der Schlei, begann Tessas alte Heimat, im engeren Sinne jedenfalls, der Landstrich, den sie vor fünfzehn Jahren nach dem Abi verlassen hatte, um zu studieren. Aber sie kam gern zurück, vor allem im Sommer, wenn die Ostsee lockte. Im Sommer war es hier wunderschön – die Landschaft an der Schlei, die nie überfüllten Ostseestrände, selbst bei Hitze war es immer angenehm und gut auszuhalten, weil meist ein leichter Wind ging. Im Sommer hatte sie auch Ole ein paarmal mitgebracht, und das war gut gegangen, allerdings waren sie dann immer in seinem klapprigen Golf gefahren, und mit dem Auto fuhr man über die Kappler Schleibrücke. Sie hatten im Garten abends mit ihren Eltern auf der Terrasse gegrillt, und Ole war besonders ihrer Mutter gegenüber die Liebenswürdigkeit in Person. Ein Sommerwochenende in Kappeln zu verbringen war durchaus nach seinem Geschmack, im Gegensatz zum Weihnachtsfest.

Nicht lange nachdem er die Schleibrücke hinter sich gelassen hatte, hielt der Zug in Süderbrarup, wo Tessa aussteigen musste. Zum Glück hatte der Regen aufgehört. Als sie aus dem letzten Wagen ausstieg, sah sie ihre Eltern schon von weitem, die angestrengt nach ihr Ausschau hielten. Beide trugen blinkende Weihnachtsmützen, und selbst ihrem Hund, Kata, einem Golden Retriever, hatten sie ein weihnachtlich blinkendes Halsband umgebunden. Tessa dachte nur: »Bitte nicht!« Jetzt hatten ihre Eltern sie entdeckt und eilten auf sie zu.

Tessa trug einen schwarzen Mantel und eine schwarze

Baskenmütze über ihrem offenen Haar und trotz Dämmerung ihre große Sonnenbrille, damit man ihre verweinten Augen nicht sofort sah. Sie war schwer bepackt, musste sie doch die Geschenke ihrer Familie und ihre eigenen mitschleppen. Die anderen Menschen, die aus- oder einstiegen, hatten praktische Winterjacken oder gefütterte Regenjacken an, kleine Sport- und Reisetaschen oder Plastiktüten von ihren Weihnachtseinkäufen, niemand trug Schwarz, eine Baskenmütze oder gar eine Sonnenbrille. Tessa fiel angesichts des kleinen, unscheinbaren Bahnhofs umso mehr auf. Ihre Eltern umarmten sie herzlich.

»Tessa! Kind!«

Auch Kata wedelte freudig mit dem Schwanz, und Tessa kraulte sie.

»Willkommen zu Hause«, sagte ihr Vater und nahm ihr gleich so viel Gepäck ab, wie er tragen konnte.

»Du siehst ja aus wie eine trauernde Filmdiva«, sagte ihre Mutter. »Also, Schwarz steht dir gar nicht, Kindchen, das macht dich blass.«

»Hella, nun lass doch«, sagte der Vater.

»Könntet ihr bitte diese albernen Mützen abnehmen?«, fragte Tessa matt.

»Aber wir wollten dich doch nur etwas aufmuntern!«

Die Mutter knuffte ihre Tochter liebevoll in die Wange. »Susanne und Stella wären auch gern mitgekommen, um dich abzuholen, aber sie haben heute ihre Weihnachtsfeier im Turnverein. Wir sollen dich ganz lieb grüßen«, sagte die Mutter.

Als sie an dem alten Bahnhofsgebäude vorbei zum

Parkplatz wollten, stürmte plötzlich eine energische ältere Dame mit einem Rollkoffer auf sie zu. »Nein, das gibt's doch nicht: Tessa Gutzeit? Sie habe ich ja seit dem Abitur nicht mehr gesehen.«

Tessa erkannte ihre ehemalige Mathelehrerin wieder, die längst in Pension sein musste. »Guten Tag, Frau Funke«, erwiderte sie matt, nahm die Sonnenbrille ab und steckte sie in die Manteltasche.

»Ich muss gleich zum Zug nach Kiel, ich feiere bei meinem Sohn und Familie. Wie geht es Ihnen, Tessa? Verheiratet? Kinder?«, wollte die Lehrerin wissen.

Es war sicher nett gemeint, ehrliches Interesse, was aus ihr geworden war, doch Tessa konnte diese Art von Fragen momentan überhaupt nicht ertragen.

Ihr Vater sprang ihr zum Glück bei. »Unsere Tochter ist zurzeit in Trauer.«

Jetzt war Frau Funke sichtlich betroffen. »Ach, Sünde, so jung schon Witwe?«

»Sünde« sagten manche in Tessas Heimat, wenn ihnen jemand oder etwas leidtat. »Ach, das ist ja Sünde« oder »der ist ja Sünde«. Tessa hatte den Ausdruck lange nicht mehr gehört, schon gar nicht in Bezug auf sich selbst.

Tessa und ihre Eltern verabschiedeten sich höflich. Beim Weitergehen Richtung Parkplatz raunte Hella Gutzeit ihrer Tochter zu: »Na ja, ganz gelogen war es nicht. Ole ist ja für uns gestorben, oder, Tessa?«

Sie nickte nur stumm.

»Die olle Funke hab ich sowieso gefressen«, sagte Willy Gutzeit. »Hat sich mal von mir ein Angebot machen lassen für ein neues Bad, und dann hat sie es mit einem Polen gebaut. So was hat man gern.«

Der Passat Variant ihres Vaters war auf dem Parkplatz sofort zu erkennen. Um all die Autos mit der Aufschrift »Abi 2014« auf der Heckscheibe zu verhohnepipeln, hatte er letztes Jahr mit weißem Tape »Volksschule 1955« auf seine Heckscheibe geklebt.

Willy Gutzeit verstaute mit Tessas Hilfe gerade das Gepäck im Kofferraum, da kam ihnen eine ehemalige Klassenkameradin von Tessa entgegen. Sie trug das gleiche Lufthansa-Kostüm wie Steffi und zog einen Rollkoffer hinter sich her. Tessa wurde plötzlich ganz heiß.

»Moin, Tessa! Auch Weihnachten zu Hause?«

»Schlampe!«, entfuhr es Tessa.

»Wie bitte?« Die Mitschülerin blieb stehen, auch Willy und Hella Gutzeit guckten reichlich irritiert Tessa an.

Die war selbst ganz erschrocken und stammelte: »Oh, Entschuldigung, äh, ich war gerade in Gedanken ganz woanders! Hallo, äh … « Mist, sie hatte den Namen dieser Saftschubse vergessen.

»Nadine. Wir haben doch in Deutsch nebeneinandergesessen. Goethe, Lessing, Dürrenmatt, *Die Physiker.*«

»Ja, klar«, sagte Tessa. »Schön, dich zu sehen!«

»Und du hast immer so toll gezeichnet. Darum habe ich dich echt beneidet. Bei mir konnte man die Äpfel nicht von den Birnen unterscheiden.«

Tessa lächelte und ihre Eltern auch. »Danke, ja, ist lange her. Mach's gut, Nadine! Man sieht sich!«

Ihr Vater ließ den Motor an. Als er aus der Parklücke stieß, sah Tessa, dass das Duftbäumchen, das am Rückspiegel hing, blinkte.

Ihre Mutter drehte sich auf dem Beifahrersitz zu ihr um. »Dein Vater schafft es sogar, Duftbäumchen zum Leuchten zu bringen!«

Tessa musste lächeln. Ihr Vater erwiderte es im Rückspiegel. »Aber warte erst mal, wenn wir zu Hause sind!«

Eine Viertelstunde später hielt der Wagen in der Garage eines kleinen roten Backsteinhauses. Die Eltern hatten es nach Tessas Geburt gekauft und seither mit viel Liebe in Schuss gehalten. Sie kümmerten sich auch gemeinsam um den Garten, den vor dem Haus eine stattliche Gartenzwerggemeinschaft bevölkerte. Darüber hatte sich Ole auch die ganze Zeit mokiert. Tessa erinnerte sich noch genau, wie sie anfing, ihre Eltern zu verteidigen, obwohl ihr die Gartenzwerge auch schon immer peinlich gewesen waren.

Tessa stieg aus dem Wagen aus und staunte nicht schlecht, als ihr Blick auf die Hausfassade fiel: Sie war bis ins Kleinste mit Weihnachtsdeko geschmückt! Überall hingen Lichterketten. Irgendwelche Freunde aus den USA hatten den Eltern dazu noch amerikanische Beleuchtung in Form von Rentieren geschenkt, die jetzt im Vorgarten rot leuchteten. Tessa staunte nicht schlecht. Ihr schien, es war in den letzten Jahren, in denen sie Weihnachten nicht zu Hause gewesen war, noch mehr geworden. Die Mutter war mit dem Hund schon ins Haus vorgegangen. Willy Gutzeit holte aus seiner Jackentasche eine Fernbedienung und richtete sie auf einen Gartenzwerg rechts neben der Haustür. Und der dickbäuchige, feist grinsende Gartenzwerg begann, mit piepsiger Stimme »Oh, du Fröhliche« zu singen!

Tessa lachte laut auf. »Papa, das ist ja obercool. Du bist genial!« Sie holte ihr Smartphone aus der Tasche und filmte den singenden Gartenzwerg, dann schwenkte sie auf ihren Vater, der stolz erläuterte:

»Hat mich ein Wochenende gekostet. Nächstes Jahr will ich, dass alle Zwerge hier im Chor ›O Tannenbaum‹ singen!« Er grinste stolz. Tessa stoppte die Aufnahme und packte das Smartphone wieder weg. Sie sah ihren Vater an, der ein paar Zentimeter kleiner war als sie, fünfundsiebzig Jahre auf dem Buckel, der mal als Lehrling angefangen und sich dann hochgearbeitet hatte, »Heizung und Sanitär Gutzeit« – das einzige Fachgeschäft weit und breit. Vor vier Jahren hatte er es aufgegeben, im Schuppen standen seitdem noch ein paar Kloschüsseln und Waschbecken herum.

Sie betraten das Haus. Als Tessa ihren Mantel und die Baskenmütze an die Garderobe gehängt hatte, blickte sie sich um. Ihr altes Zuhause war zwar nicht gerade so eingerichtet wie in *Schöner Wohnen,* strahlte mit seinen vielen Teppichen und Läufern, den etwas altmodischen Tapeten, die fast schon wieder cool waren, und den vielen Fotos und Bildern an den Wänden, den selbstgeknüpften Wandteppichen und selbstgestickten und gerahmten Sinnsprüchen wie »Das Glück klopft an, bevor es eintritt, aber es geht ohne Gruß«, eine große Gemütlichkeit aus. Tessa spürte eine wohlige Wärme dabei, nach Hause zu kommen. Die Türen vom Flur zum Wohnzimmer und zum benachbarten Esszimmer standen offen. Auch hier drinnen war alles weihnachtlich dekoriert und mit viel Liebe gestaltet. Im Wohnzimmer sah Tessa auf dem Boden Julböcke aus Stroh stehen. Im Esszimmer, das durch einen Durchgang mit dem Wohnzimmer verbunden war, befand sich auf dem Esstisch eine mit weihnachtlichen Motiven bestickte Tischdecke und außerdem ein Adventskranz aus Tannenzweigen. Ein von der Mutter selbstgenähter Adventskalender mit vierundzwanzig Taschen aus grünem Filz hing im Flur an der Wand. Der Vater durfte sich jeden Morgen etwas herausfischen, seit die Kinder aus dem Haus waren.

Tessa betrachtete das gerahmte Foto neben der Flurgarderobe, das sie und ihre Schwestern zeigte, alle noch jünger, aber doch schon erkennbar sie selbst. Susanne, die Älteste rechts, war auf dem Bild vielleicht achtzehn Jahre alt, Tessa daneben, zwölf Jahre, schon recht weit für ihr Alter, und links die zehnjährige Maren, die bereits auf diesem Bild eine große Energie und Willenskraft ausstrahlte. Und sehr erwachsen wirkte. Tessa konnte sich nicht daran erinnern, dass Maren mal ausgelassen, verrückt oder verspielt gewesen war. Seit ihrem ersten Schultag war sie fleißig und im wahrsten Sinn ein Überflieger, sie hatte sogar in der Grundschule eine Klasse übersprungen. Und sie war schon immer eifrig darauf bedacht, Tessa Konkurrenz zu machen. Kurz, sie konnte eine ganz schöne Nervbacke von kleiner Schwester sein, und das hatte sich seither im Grunde nie groß geändert. Ganz anders das Verhältnis zu Susanne, die um einiges älter war und sich stets mit Wärme, Liebe und Zuneigung um die beiden jüngeren Schwestern gekümmert hatte. Tessa hatte sogar das Gefühl, dass sie ein bisschen stolz auf sie beide war. Da ihre Mutter früher viel im Geschäft mithelfen musste, die Büroarbeiten und Buchhaltung erledigte, hatte Susanne für die beiden jüngeren Schwestern oft die Mutterrolle eingenommen.

»Willst du einen heißen Kakao?«, fragte ihre Mutter aus der Küche. »Den hast du doch früher so gern getrunken, wenn du Kummer hattest.«

»Nun lass sie doch erst mal ankommen!«

Der Vater ging mit dem Gepäck keuchend die Treppe hoch, und Tessa folgte ihm. Ihr Mädchenzimmer hatten die Eltern seit dem Abi und Tessas Weggang unverändert gelassen. Die Zimmer der drei Schwestern waren alle im ersten Stock des Hauses, unterm Dach, und dort hatten sie auch ein eigenes Bad. Die Eltern hatten ihr Schlafzimmer im Erdgeschoss.

»Ich lass dich dann mal allein«, sagte ihr Vater, nachdem er das Gepäck in ihrem Zimmer abgestellt hatte, und verschwand nach unten.

Tessa blickte sich um. An den Wänden hingen einige Aquarelle, die sie im Kunstleistungskurs angefertigt hatte. Gar nicht so schlecht, wie sie jetzt fand. Ein Aquarell zeigte eine Malve im Garten, ein anderes einen grauen Himmel in zig Nuancen über einer blaugrauen Ostsee. Das Bild war damals in der Schule auch ausgestellt worden. Tja, die Lehrerin, die in der Schule immer die höchste Meinung von Tessa gehabt hatte, war ihre Kunstlehrerin Frau Piepenbrink gewesen, die ihr immer wieder gesagt hatte: »Tessa, Sie müssen Kunst oder Grafik studieren!«

Aber ein Kunststudium, das war für die Tochter eines Sanitärgeschäfts undenkbar. Tessa war sowieso die Allererste in der Familie, die studiert hatte. Ihre ältere Schwester Susanne hatte nach dem Abi eine Banklehre bei der Sparkasse in Schleswig angefangen. Tessa hatte sich für Amerikanistik entschieden, und das verhalf ihr nach dem Studium dann auch prompt zu dem Praktikum und schließlich dem Job bei *film for kids*. Sie hatte ewig nicht mehr gemalt und gezeichnet.

Tessa setzte sich auf die gemusterte indische Überdecke auf ihrem Bett, nahm ihren alten Teddy, der da lag, und knuffte ihn. »Na, Bolli, alles klar?«

7

Kurz darauf saß Tessa unten bei ihren Eltern in der Küche, auf der Sitzbank neben dem alten gemütlichen Kachelofen mit seiner tollen Wärme, einen Becher mit dampfendem Kakao in der Hand. Ihre Mutter hatte die Kerzen des gusseisernen Adventskranzes auf dem Küchentisch angezündet. Alle vier. Und Tessa war nicht in Thailand. Am Vortag wäre der Flug gewesen. Tessa nahm einen Schluck vom Kakao und spürte sofort die wohltuende Wirkung. Kakao hatte tatsächlich etwas sehr Tröstliches. Sie hatte in den letzten Tagen zu viel Alkohol getrunken, und es hatte nichts, aber auch rein gar nichts geholfen, den Schmerz lediglich etwas betäubt. Aber die Kopfschmerzen, die sich bald zu den Herzschmerzen dazu gesellt hatten, waren höllisch gewesen. Kakao war viel besser. Sie stellte die Tasse ab, und ihr Vater streichelte ihr über die Hand.

»Wirst sehen, Weihnachten in Kappeln ist auch schön! Kriegst keinen Sonnenbrand, keine Malaria, und es gibt keine Tsunamis in der Ostsee.«

Tessa nickte tapfer.

Ihre Mutter stellte ihr einen Teller hin mit einem Stück Stollen mit dick Butter drauf und neigte sich etwas zu ihr. »Und mit Ole, das ist wirklich total aus?«

»Ja, Mama, aber ich möchte nicht darüber sprechen.«

»Hat er dich betrogen?«

»Ja, und ich bin hier, um zu vergessen. In Berlin erinnert mich alles an ihn.«

»Probier mal den Stollen, Liebes.«

»Ist besonders gut dieses Jahr!«, sagte ihr Vater, und Tessa musste schmunzeln. Sagte er das nicht jedes Jahr im Brustton der Überzeugung?

Doch Tessa hatte keinen Hunger. Nicht mal auf den sagenhaften Stollen ihrer Mutter. Sie schob den Teller weg, ihr wurde fast schlecht beim Anblick der Butter. Ihre Mutter wirkte etwas gekränkt, was immer schon daran zu erkennen war, dass sie leicht die Nase rümpfte.

Dann fasste sich Hella Gutzeit aber wieder. »Na, dann muss es wirklich schlimm sein mit dem Liebeskummer, wenn meine Tessa keinen Stollen isst. Aber für heute Abend habe ich extra eine frische Suppe gekocht. Die magst du doch so gern.«

Tessa nickte.

Ein Hupen war auf der Auffahrt zu hören.

»Oh, Maren und Ben sind schon da. Na, die sind aber gut durchgekommen!«

Die Eltern verließen die Küche, Tessa blieb noch am Tisch sitzen. Sie brauchte noch einen Moment, um sich seelisch darauf einzustellen, gleich ihrer kleinen Schwester Maren gegenüberzutreten. Miss Perfect. Mit ihrem perfekt dazu passenden Freund Ben. Beide waren Yuppies, die als Unternehmensberater in München lebten, und manchmal einfach etwas anstrengend. Vor allem Maren, die nicht nur immer supergestylt war, sondern auch ihr Leben komplett im Griff hatte. Wenn man selbst gerade das Gefühl hatte, dass das eigene Leben ein Trümmerhaufen war und man wirklich nichts vorzuweisen hatte, weder einen erfüllenden Beruf noch eine Karriere, weder Kinder noch zumindest einen tollen Partner, dann war die letzte Person, auf die man gern treffen wollte, ihre zwei Jahre jüngere Schwester, die Beruf, Partnerschaft und ihre gesamte Lebensplanung stets mit Bravour wuppte. Zudem war Maren bildhübsch und hatte vermutlich die bestgepflegten Zähne auf dem Planeten. Sie ging ja auch ständig zur Prophylaxe. Maren hatte es von den drei Gutzeitschwestern definitiv am weitesten gebracht, so richtig Karriere gemacht und verdiente sicher besser als Tessa und Susanne zusammen.

Ihre ältere Schwester Susanne hatte nach der Banklehre Eduard Hansen, genannt Ede, kennengelernt, einen Steuerberater, der ihr irgendwann ein Kind und dann auch gleich einen Heiratsantrag gemacht hatte, und sie hatte sich mit Ede in Kappeln niedergelassen. Wegen Tochter Stella arbeitete Susanne nur halbtags bei der Sparkasse in Eckernförde. Sie war diejenige von den drei Gutzeittöchtern, die hier oben im Norden geblieben war und sich auch um die Eltern kümmerte, wenn etwas anlag. Maren dagegen hatte BWL in Hamburg und München studiert, in London noch einen internationalen Studiengang draufgesattelt, einen »Master of Business Consulting«, und landete dann in München bei einer Unternehmensberatung, wo sie in den letzten fünf Jahren durchgestartet war. Ben und Maren waren schon seit zwölf Jahren zusammen, sie hatten sich gleich im Studium gefunden. Ben, drei Jahre älter als Maren, hatte es in derselben Beraterfirma schon sehr weit gebracht, er würde sicher bald Partner werden.

Tessa stand mit ihrem Kakao in der Hand auf und ging ans Küchenfenster, von wo aus sie die Ankunft unbeobachtet verfolgen konnte. Sie öffnete das Fenster auf Kipp, um etwas frische Luft hereinzulassen.

Der nagelneue BMW, der jetzt auf der Auffahrt stand, war schon eine Sorte Auto, die man in Kappeln nicht jeden Tag zu sehen bekam. Maren und Ben waren in ihren leichten Edeldaunenjacken ausgestiegen. Sie trugen beide immer diesen BWL-Style mit Poloshirts, V-Pullovern oder Kaschmir-Rollis, perfekt gebügelten Blusen und Hemden, den weltweiten Look der Erfolgreichen. Hella und Willy Gutzeit umarmten zuerst ihre Jüngste und dann Ben, den sie wie einen Schwiegersohn betrachteten, obwohl die beiden noch nicht verheiratet waren.

»Neues Auto? Der ist ja doll!«, hörte Tessa ihren Vater zu Ben sagen. »Wie viel PS?«

»Dreihundertvierzig, bei sechs Zylindern und drei Litern Hubraum.« Ben klopfte mit den Knöcheln leicht auf den Lack. »Und die Karosserie mit Carbon … Den Wagen habe ich mir von meiner jährlichen Gratifikation geleistet.«

»Von deiner was?«

»Äh, Prämie«, schob Ben schnell nach.

Er vergaß einfach manchmal, mit wem er redete und dass sein Schwiegervater in spe gerade mal einen Volksschulabschluss hatte. Ben und Maren holten aus dem Kofferraum ihre edlen Koffer und Taschen heraus, die allein schon einen Wert von ein paar Tausend Euro haben mussten. Willy Gutzeit ging ihnen dabei zur Hand.

»Ist Tessa schon da?«, hörte Tessa ihre Schwester fragen.

»Ja, wir haben sie gerade vom Bahnhof abgeholt. Sie sitzt drinnen. Bitte tut mir einen Gefallen: kein Wort über Ole zu ihr!«, sagte Hella Gutzeit.

»Es tut noch zu weh, na ja, ist ja auch kein Wunder«, ergänzte der Vater. Und dann holte er seine Fernbedienung aus der Hosentasche, und gleich darauf hörte Tessa den Gartenzwerg wieder »Oh, du Fröhliche« singen. Sie musste schmunzeln. Der Gartenzwerg war der Oberhammer und schien auch bei Münchner Yuppies seine Wirkung nicht zu verfehlen.

»Willy, das musst du dir patentieren lassen!«, rief Ben begeistert, und Maren ergänzte: »Papa, du bist ein richtiger Freak!«

»Ein was?«, fragte ihr Vater.

»Äh, ein Wahnsinniger!«

Tessa grinste über ihrem Kakaobecher und setzte sich wieder auf die Küchenbank. Als Maren und Ben kurz darauf die Küche betraten, stand Tessa auf und umarmte ihre kleine Schwester, aber mehr, weil man es eben so macht, und nicht gerade aus großer Innigkeit. Und das beruhte wohl auf Gegenseitigkeit. Die Umarmung fühlte sich steif und nicht ganz richtig an, nicht aufrichtig.

»Na, mein kleiner Trauerkloß? Ausgerechnet zu Weihnachten, so eine Sauerei«, sagte Maren nur.

Ben gab seiner Schwägerin in spe zwei Küsschen auf die Wange. »Schön, dich zu sehen, Tessa!«

Die Eltern waren gerade nicht in der Küche. Maren stöhnte auf, als sie die Tannenzweiggirlande entdeckte, die sich von innen um das Küchenfenster rankte. Sie war mit kleinen bemalten Salzteig-Engelchen dekoriert, alles selbst gemacht, in vielen Stunden Handarbeit. »Also, ich habe das Gefühl, die Deko wird von Jahr zu Jahr mehr. Der totale Overkill. Die leiden wirklich unter MDS.«

»Unter was?«, fragte Tessa.

»Massives Dekorations-Syndrom. – Praktisch unheilbar.«

»Aber der singende Gartenzwerg ist doch spitze, oder?«, wandte Tessa ein.

»Wir nennen Kappeln unter uns immer nur Disneyland«, raunte Ben.

»Na ja, du hast dich ja die letzten Jahre immer nach Thailand verzogen und uns das hier überlassen.« Diese Bemerkung konnte sich Maren natürlich nicht verkneifen.

Da war sie wieder, diese kleine Zicke. Grauenvoll.

Die Mutter steckte den Kopf in die Küche. »Um sieben ist Abendessen, okay?«

Die drei nickten.

»Ich muss jetzt nach der langen Fahrt erst mal Zähneputzen und mich frisch machen. Schatz, lass uns das Gepäck nach oben wuchten!«

8

Um sieben saßen sie zu fünft um den großen Tisch im Esszimmer und löffelten eine herrliche frische Suppe. Es war Tessas Lieblingsgericht, eine Rinderbrühe mit viel Gemüse, Suppenfleisch und Griesklößchen. Die Suppe tat Tessas Seele gut. Sie schmeckte nach Zuhause, nach Kindheit, Familie und Glück. Tessa wusste, wie viel Arbeit die Suppe machte, und war ihrer Mutter zutiefst dankbar, dass sie sie gekocht hatte. Überhaupt hatte sie bei ihrer Mutter oft den Eindruck, dass sie ihre Gefühle für andere über das Kochen und Backen ausdrückte. Zufrieden sah Hella Gutzeit, wie sich Tessa über die Suppe hermachte. Regen prasselte heftig gegen die Scheiben, was es drinnen aber umso gemütlicher machte. Das war hier oben im Norden das typische Wetter zu Weihnachten. Darüber hatte sich Ole damals auch beschwert. Sie hatten aber auch Pech gehabt mit dem Wetter, denn es hatte wirklich die ganzen Feiertage hindurch geregnet, und sie konnten nicht mal an der Ostsee spazieren gehen. Vermutlich wäre auch Oles Stimmung besser gewesen, wenn er sich im Haus ihrer Eltern nicht so eingesperrt gefühlt hätte.

Maren und Ben hatten sich tatsächlich noch mal umgezogen und frisch gemacht. Ben trug ein Tweedjackett über einem hellblauen Hemd und Maren ein

Twinset in Dunkelgrün, sie dufteten nach teurem Aftershave und Parfüm, und Maren hatte auch ihr Make-up erneuert. Eigentlich rührend, dass sie selbst zu Hause bei den Eltern immer wie aus dem Ei gepellt waren. Es gehörte offensichtlich einfach zu ihrem Wesen. Auch dass sie kaum Alkohol tranken und sich ihr tasmanisches Regenwasser, das sie ständig und überall tranken, selbst mitbrachten. Das hatte die Eltern beim ersten Mal noch schwer beleidigt. Richtig fassungslos waren sie aber gewesen, als sie erfuhren, dass eine einzige Flasche von dem Wasser dreiunddreißig Euro kostete! Inzwischen hatten sich alle an die Marotte gewöhnt.

»Dieses Jahr will ich aber mal wieder Lametta am Baum, Willy. Und zwar silberfarbenes, wie bei meinen Eltern!«, sagte die Mutter plötzlich wie aus heiterem Himmel.

Tessa erinnerte sich dunkel, dass es diese Lamettadiskussion irgendwie jedes Jahr gab.

»Och, nee, Lametta ist kitschig. Frag die Jugend«, erwiderte Willy Gutzeit.

Die Mutter sah Tessa an, die nur mit den Schultern zuckte, ihr war das alles egal. Dann blickte Hella Gutzeit auf Ben, der sich auf seinem Stuhl zu winden begann.

»Na ja, das ist schon ganz schön retro.«

»Ganz schön was?«, fragte der Vater prompt zurück.

»Retro, äh, rückwärtsgewandt, altmodisch«, erklärte Ben und fügte hinzu: »Wusstet ihr, dass die Lametta-Produktion in Deutschland komplett eingestellt wurde, mangels Nachfrage?«

Maren guckte ihre Mutter gequält an: »Mama, Lametta ist kleinbürgerlich!«

»Na, und wenn schon!«, antwortete diese pampig und verschränkte die Arme vor der Brust. »Dann bin ich gern kleinbürgerlich.«

Jetzt wurde Marens Stimme sanfter, als spräche sie mit einem unvernünftigen Kind: »Mama, Ben und ich, wir feiern doch immer abwechselnd ein Jahr Weihnachten bei euch und ein Jahr bei seinen Eltern. Wie wäre es, wenn ihr es so macht: ein Jahr mit Lametta und ein Jahr ohne. Das wäre doch ein fairer Kompromiss. Und dann, bitte, das Jahr, das wir hier feiern, *ohne* Lametta.«

Maren löffelte ihre Suppe weiter, während die anderen betreten schwiegen.

»Schlägst du bei deinem Job auch immer solche Vergleiche vor?«, wollte Tessa wissen.

Maren sah sie an. »Ja, wir versuchen, möglichst oft *Win-win*-Situationen zu generieren. Und wenn sich die Leute nicht freiwillig darauf einlassen, dann stoßen wir sie eben darauf.«

»*Win-win*, hat das was mit Windows zu tun?«, fragte Willy Gutzeit.

Maren und Ben, die nebeneinandersaßen, tauschten einen Seitenblick, und wer genau hinsah, erkannte ein leicht überhebliches Schmunzeln.

»Nein, Paps, *win* kommt von ›gewinnen‹, ist englisch. *Win-win*-Situationen sind die, bei denen beide Seiten profitieren.«

»Aber was profitiere ich denn jetzt von deinem Vorschlag?«, fragte Hella Gutzeit vom Tischende her ganz erregt. »Ich soll noch ein ganzes Jahr warten, bis ich meinen Baum mit Lametta kriege! Bis dahin kann ich doch längst mausetot sein bei meinem schwachen Herzen.«

Alle guckten betreten, nur Tessa amüsierte sich köstlich darüber, wie ihre Mutter die Dinge auslegte. Typisch ihre Mutter! Ein Sturkopf hoch zehn, der es immer irgendwie schaffte, seine Sachen durchzudrücken. Oft ohne dass die anderen es überhaupt merkten.

Es klingelte an der Haustür, Kata schlug an, die Mutter stand auf, um zu öffnen. Am Gekreisch war gleich zu hören, dass Nachbarin Elke gekommen war. Die beiden begrüßten sich immer so, als wenn sie sich zehn Jahre lang nicht gesehen hätten. Elke war seit drei Jahren Witwe und immer schon eine sehr gute Freundin von Hella gewesen, mehr als nur eine Nachbarin. Die beiden bastelten und handarbeiteten ständig zusammen.

Elke trug eine weite dunkelgrüne Strickjacke über der weißen Bluse, eine dunkle Stoffhose und rosa Plastikclogs mit Strassverzierung. In der Hand hielt sie eine ovale Platte, dekoriert mit Tannenzweigen, auf denen ein Rauschgoldengel auf einer kleinen Wattewolke saß.

Tessa, Maren und Ben tauschten entsetzte Blicke.

Die Mutter dagegen war begeistert. »Nein, ist das entzückend!«

»Für die Tischdekoration morgen.« Elke winkte fröhlich in die Runde. »Moin! Wie schön, Hella, dass du deine Lieben dieses Mal alle unter dem Weihnachtsbaum versammelst!«

Die Mutter wandte sich an ihre Töchter und Ben. »Elke feiert morgen mit uns, ist das nicht schön?«

»Tja, Melanie fährt mit ihrer Familie über Weihnachten nach Gran Canaria.« Melanie war Elkes einzige Tochter, die mit einem Langweiler vom Katasteramt verheiratet war und von ihm drei Kinder hatte, die Elke mit Hingabe betreute. Finn, der Älteste, war Elkes Ein und Alles. Sicher war es hart für sie, Weihnachten ohne die geliebten Enkel zu feiern.

»Die größte Sorge der Lütten war es, ob der Weihnachtsmann auch nach Gran Canaria findet«, lachte Elke und wischte sich gleichzeitig eine Träne aus dem Auge.

»Selber schuld, wer Weihnachten auf den Kanaren und nicht im schönen Kappeln feiert«, sagte Willy Gutzeit über den Tisch hinweg.

»Ach, Kinners, je älter ich werde, desto schneller heul ich los. Gestern beim *Kleinen Lord* hab ich mich gar nicht mehr halten können. Eine ganze Packung Kleenex ging weg!«

Tessa stand auf und umarmte Elke zur Begrüßung.

»Tessalein! Ich guck ja immer mit Finni deine herrliche ›Familie Hase‹ im Fernsehen. Also, wie Ole den Papa Hasen spricht, köstlich!« Dann bemerkte Elke ihren Lapsus und schlug die Hände vors Gesicht. »Ach, Entschuldigung! Dieser böse Ole, mit dem rede ich jedenfalls nie wieder ein Wort!«

Tessa winkte ab und setzte sich wieder. Da war es gefallen, das schlimme O-Wort, gerade hatte sie mal ein paar Minuten nicht an Ole gedacht, das war nun vorbei, und der Schmerz machte sich wieder breit in ihr. Sie nahm einen kräftigen Schluck Rotwein.

»Und Maren, immer so schick und wie aus dem Ei gepellt. Da komm ich mir jedes Mal vor wie ein Landei!«, rief Elke, und man sah an Marens Blick, was sie dachte. Tessa hasste ihre kleine Schwester dafür, dass sie nicht mal mehr in der Lage war, ihre Gedanken zu verbergen. Das war so was von unhöflich und elitär. Und es zeigte die Aufsteigerin in ihr.

»Du *bist* ja auch ein Landei«, sagte Willy Gutzeit zu Elke, und sie knuffte ihn scherzhaft in die Seite, während sie sich auf den Stuhl neben ihm setzte.

»Stell dir vor, Elke«, sprudelte es aus Hella Gutzeit heraus, unser Baum morgen hat Lametta, das magst du doch auch so gern! Wenn du dieses Jahr schon nicht mit deinen Enkeln feiern kannst …«

Elke strahlte wie ein Kind. »Oh, wie früher zu Hause! Ach Kinners, ist das schön!«

Die anderen blickten genervt. Hella Gutzeit hatte durch diesen Schachzug in Sachen Lametta definitiv gewonnen.

Hella Gutzeit erhob sich. »So, ich hol mal die Bratäpfel aus dem Ofen. Du willst doch bestimmt auch einen, Elke, oder?«

Willy Gutzeit rieb sich die Hände. »Das ist doch immer das Beste an Weihnachten, die Gutzeit'schen Bratäpfel!«

»Ich helf dir«, bot Elke an, und beide Frauen räumten die leeren Suppenteller ab und verschwanden in der Küche.

»Papa, du bist ein Weichei!«, raunte Maren über den Tisch. »So macht sie es doch immer. Wir sind alle gegen Lametta, aber am Ende hängt der Baum jedes Mal voll von diesem Silberkitsch, und ich fühle mich wie im Altenheim.«

Der Vater stöhnte leise, dann sagte er: »Wenn sie es doch so gern hat, soll ich eurer geliebten Mutter diesen Wunsch abschlagen?«

Kurz darauf stand die Auflaufform auf dem Tisch, und alle bekamen ihren gefüllten Bratapfel und dazu die geniale Vanillesoße und genossen unter großem Ah und Oh. Hella Gutzeit strahlte. So viele glückliche Gesichter! Dafür lohnte sich die Arbeit doch jedes Mal.

Auch Tessa genoss jeden Bissen, immerhin hatte sie ihren letzten Gutzeit'schen Bratapfel vor vier Jahren gegessen. Und alles wegen einem Loser, der sie mit einer Stewardess betrogen hatte. Tessa wusste nicht, was mehr weh tat. Die Tatsache, dass Ole ihr das angetan hatte oder dass sie sich so in ihm hatte täuschen können.

Als alle fertig waren, holte Elke einige Fotos aus der Jackentasche. »Guck mal, Hella, wo unsere Pullis gelandet sind.«

»Ach Himmel, sind die süß!« Ihre Mutter hielt Maren und Tessa die Fotos hin, die kleine Pinguine in Wollpullovern zeigten. »Wir haben dieses Jahr im Handarbeitskreis Pullover für die armen kleinen Pinguine gestrickt, damit sie nach einer Ölkatastrophe nicht erfrieren. Wie gefällt euch mein Norwegermuster?«

Willy Gutzeit sagte dazu nur trocken: »Eure Mutter braucht dringend weitere Enkel, die sie bestricken kann.«

Ben strich über Marens Hand, und Tessa wunderte sich über den Gesichtsausdruck ihrer Schwester, den sie für einen kurzen Moment gesehen hatte, aber dann lächelte Maren wieder ihr Miss-Perfect-Lächeln mit den vielen weißen Zähnen.

Elke deutete auf das Foto mit dem Pinguin im Norwegerpulli. »Also, wie du die Passe so hinbekommen hast, dass der da seine Flügel noch reinkriegt!«

»Da habe ich extra einen Schlitz und einen Druckknopf gemacht.«

Tessa konnte nicht anders, sie musste es fragen: »Denkt ihr denn, der kleine Pinguin kriegt einen Druckknopf von alleine zu? Ich meine, im Zeichentrickfilm ja, aber in der Realität?«

Beide Frauen blickten sich leicht irritiert an. »Aber dafür hat er doch seine Mutti«, entgegnete Elke. »Oder eine der Tierschützerinnen hilft ihm beim Anziehen!«

Maren atmete tief durch. »Also, ehrlich, ihr habt vielleicht Probleme. Macht ihr euch ernsthaft darüber Gedanken, wie der kleine Pinguin am Nordpol seinen Norwegerpulli zukriegt?«

Jetzt guckten die Mutter und Elke etwas betreten. Die Freude über ihre bis eben noch so sinnvolle, weltverbessernde und tierliebe Handarbeit war ihnen etwas madig gemacht worden.

Tessa malte sich aus, welchen Lachanfall Ole bei diesem Gespräch bekommen hätte. Und sie hätten gemeinsam gelacht, natürlich erst hinterher, aber sie hätten so sehr gelacht, wie man nur mit Ole lachen konnte. Ole hätte perfekt Elke imitiert: »Aber dafür hat er doch seine Mutti!« Er war der beste Stimmenimitator, den Tessa kannte. Wenn sie es wollte, machte er für sie auch Walter Ulbricht nach: »Niemand hat die

Absicht, eine Mauer zu erbauen!« Oder Ernst Reuter: »Vöööölllker der Welt, seht auf diese Stadt!«

Tessa vermisste ihn plötzlich ganz schrecklich, sie fühlte sich amputiert. Auch wenn alles mit einem Riesenknall zu Ende gegangen war, die Beziehung selbst war in vielerlei Hinsicht perfekt gewesen. Und sie hatten viel miteinander lachen können. War das nicht etwas ganz Besonderes?

Später in ihrem Zimmer sah Tessa auf dem Display ihres Smartphones, dass Ole mehrmals versucht hatte, sie anzurufen, und sie musste sich eingestehen, dass es sie nicht ganz kaltließ. Dann dachte sie an Nadjas Bild von Nord- und Südkorea und legte das Telefon wieder weg.

Sie zog ihren Pyjama an, lüftete kurz und ging ins Bad Zähneputzen. Als sie zurückkam, entdeckte sie auf dem kleinen Holzbord über dem Bett ihr altes Poesiealbum, das da zwischen ein paar Krimis und englischen Liebesromanen stand. Sie nahm es heraus, schlüpfte ins Bett, setzte sich mit dem Kissen im Rücken auf und machte die Nachttischlampe an.

Tessa hatte das Album seit Ewigkeiten nicht mehr angeschaut und schlug es nun umso neugieriger auf. Gleich auf der ersten Seite stand ein Spruch ihrer Mutter:

»Die Liebe hat zwei Töchter. Die Güte und die Geduld. – Ich habe drei Töchter, für meine liebe Tessa zur Erinnerung an ihre Mutter.«

Tessa musste lächeln. Die Seite daneben war für ihren Vater reserviert gewesen, oben rechts in der Ecke stand »Papa«, aber sie war leer geblieben. Willy Gutzeit mied solche Sachen, auch weil er in der Rechtschreibung nie ganz firm war.

Tessa blätterte weiter, fand typische Poesiealbumsprüche und kitschige Bildchen von ehemaligen Klassenkameradinnen aus der Grundschule und vom Gymnasium. Dann kamen viele leere Seiten, und ganz hinten, auf der letzten Seite des Albums, stand noch etwas in krakeliger Jungsschrift:

»Ich schreibe nun aufs letzte Blatt, weil ich Dich am liebsten hab. Und wer Dich lieber hat als ich, der schreibe bitte hinter mich. Zur Erinnerung an Deinen Schulfreund Sven Matthiesen«

Tessa lächelte. Sie erinnerte sich noch genau an Sven, einen pummeligen Jungen, der meist von seiner Oma gestrickte Pullunder trug, handarbeitsmäßig nicht gerade immer gelungen. Sie waren unregelmäßig und krumm gearbeitet und hatten scheußliche Farben, aber ihn schien das nicht zu stören. Sven trug die Pullunder stoisch noch bis weit in die Mittelstufe, auch wenn er deshalb ständig gehänselt wurde. Aber irgendwie war er auch nett und konnte richtig witzig sein.

Was wohl aus ihm geworden war? Tessa hatte nur noch zu wenigen ehemaligen Mitschülern Kontakt und war auch zum zehnjährigen Abitreffen vor fünf Jahren nicht gekommen.

Es piepte kurz auf dem Smartphone. Eine SMS. Von Ole. Neugierig öffnete Tessa die Nachricht:

»Liebe Tessa! Es tut mir wahnsinnig leid. Du bist die Liebe meines Lebens und ich ein Vollidiot!!! Rede bitte wieder mit mir, dein Ole, ein Loser, ein Nichts, ein Wurm ohne dich.«

Tessa atmete tief durch. Sie erinnerte sich an Nadjas deutliche Worte: »Er ist ein Arsch. Das macht man nicht. Das kannst du ihm nicht verzeihen. Vergiss ihn und geh bloß nicht ran, wenn er anruft, und beantworte keine SMS. Du reagierst so, als wenn er nicht mehr existiert. Am besten, du löschst ihn aus deinen Kontakten.«

Aber es waren Nadjas Worte, nicht ihre eigenen. Tessa sagte sie sich wie ein Mantra auf. Doch es blieb ein Mantra, das ihr jemand vorgesagt hatte und das sie nachsprach. Dass Ole jetzt wieder angekrochen kam, tat ihr gut. Aber sie war fest gewillt, auf Nadja zu hören und ihn zu ignorieren. Etwas anderes hatte er nicht verdient!

Tessa schaltete das Smartphone und die Nachttischlampe aus und fiel schon bald in tiefen Schlaf.

Sie träumte von ihren Hasen. Eine Wiese am Waldrand, die Tannenbäume waren mit Lametta dekoriert, und es schneite heftig. Unter einem Baum saß »Familie Hase« und bibberte. Die Hasenkinder suchten verzweifelt unter dem Schnee nach ihren Geschenken. Doch sie fanden nichts und buddelten nun gemeinsam mit Mama Hase und Papa Hase mit ihren Hasenpfoten weiter im Schnee, immer lauter keuchend und stöhnend …

Plötzlich fuhr Tessa aus dem Schlaf hoch. Es dauerte einen Moment, bis sie realisierte, dass sie zu Hause in ihrem alten Jugendzimmer war und woher die seltsamen Laute stammten. Sie kamen aus dem Nachbarzimmer, wo Maren und Ben gerade in ansteigender Kurve vor Lust explodierten. Sie waren nicht besonders laut, aber die Wände hier oben waren schon immer besonders dünn gewesen.

Tessa fluchte leise in Richtung Wand: »Ihr Nervensägen! Selbst das macht ihr perfekt.«

Sie legte sich wieder hin, das Kopfkissen auf den Ohren, und versuchte einzuschlafen. Kurz darauf hob sie das Kissen noch mal an, um zu lauschen. Jetzt kamen sie gerade beide, auch noch gemeinsam. Was für grauenvolle Streber! Sogar im Bett. Es war nicht auszuhalten – machten da Liebe mitten in der Nacht vor Heiligabend, während sie nebenan frisch verlassen dalag.

Doch Tessa musste zugeben: Wenn das mit Steffi und Ole nicht gewesen wäre, hätte sie jetzt auf Ko Samui mit Ole in der Bambushütte vermutlich genau das Gleiche getan. Das Leben war ungerecht, daran gab es nicht den geringsten Zweifel. Und über diesem Gedanken und unter ihrem Kissen schlief Tessa dann endlich wieder ein.

9
24. Dezember

Tessa wurde von einem leisen Pfeifkonzert geweckt. Sie öffnete die Augen. Ihr Vater stand da, ein Tablett mit einem Marmeladenbrötchen und einem Kaffee in der Hand, und pfiff munter eine Melodie.

»Guten Morgen, einmal Frühstück ans Bett!«

»Oh, das ist ja lieb!«

»Ist schon neun, und ich dachte, wir gehen gleich zusammen im Wald einen Baum schlagen. Hast du Lust?«

Tessa nickte, und ihr Vater knuffte sie in die Wange. »Wie früher!«

Er strahlte so, dass Tessa ganz gerührt war. Ihr war gar nicht mehr bewusst gewesen, wie sehr ihr Vater sie liebte und an ihr hing, und diese Zuneigung tat ihr wahnsinnig gut.

»In einer halben Stunde ist Abfahrt!«, sagte er und verließ das Zimmer. Tessa biss ins Brötchen mit der leckeren selbstgemachten Marmelade und genoss den starken Kaffee. Es war der erste Morgen seit Tagen, an dem sie wieder frühstückte. Und es schmeckte ihr.

Mit einer Säge bewaffnet, gingen Tessa und ihr Vater mit Kata durch den Wald, der etwas außerhalb von Kappeln lag und einem Bekannten von Willy Gutzeit gehörte. Hier durfte er sich jedes Jahr einen Weihnachtsbaum schlagen.

Ein steifer Ostwind hatte die Wolken vom Himmel geblasen, und es war kühl geworden. Doch Tessa hatte ihre warme Daunenjacke an und ihren blauen Lieblingsbeanie auf dem Kopf. Der Vater trug seine alte Holzfällerjacke, die auch schon mindestens zwanzig Jahre alt war. Mützen hasste er.

»Den würde deine Mutter auswählen.« Willy Gutzeit zeigte auf einen etwas mickrigen, schief gewachsenen Baum. »Aus Mitleid!«

Tessa musste lächeln. In irgendeinem Jahr war ihr Vater beim Baumschlagen mal verhindert gewesen, da musste er am Heiligmorgen noch eine Hauptrohrverstopfung beseitigen, bei der das Wasser einen halben Meter hoch im Keller stand. Ihre Mutter hatte daraufhin bei einem Weihnachtsbaumhandel einen recht trostlosen Baum erstanden und hinterher gesagt, er habe ihr so leidgetan, weil keiner sonst ihn haben wollte.

»Na ja, niemand ist perfekt.«

Sie gingen weiter, prüften beide immer wieder kritisch den einen oder anderen Baum. Der Hund lief ab und zu ein Stück in den Wald, kam aber stets schnell zurück.

»Weißt du, mit meiner Schwester Theresa habe ich das früher auch gemacht. Da durften wir immer im Waldstück von einem Bauern einen Weihnachtsbaum schlagen, weil sie seiner Frau und den Kindern ab und zu was schneiderte. Damit verdiente sie ja Geld neben ihrer Schneiderausbildung bei Liening.«

»Wann war das ungefähr?«

»Anfang der sechziger Jahre. Theresa hat dann immer die Bäume nach ihrer Figur ausgewählt und so Sachen gesagt wie: ›Nee, der hat eine zu starke Taille.‹ Oder: ›Der hat Konfektionsgröße 48, das ist doch perfekt, und eine richtig runde Hüfte!‹«

»Das hast du noch nie erzählt.«

»Und dann haben wir die Idealmaße für einen Baum erfunden: 30–60–90–250!« Er schmunzelte in sich hinein.

Theresa, seine fünf Jahre jüngere Schwester, war 1967 bei einem Autounfall ums Leben gekommen. Nach ihr war Tessa auch benannt. Jedes Jahr um den Todestag seiner Schwester herum wurde der Vater immer für ein paar Tage sehr still. Er hatte seine einzige Schwester sehr geliebt und war immer eng mit ihr gewesen. Tessa kannte nur Fotos von ihrer Tante, ansonsten wurde nicht viel über sie geredet. Das war alles lange her, und die Töchter hatten sie ja nie kennengelernt.

»Guck mal, Papa, der ist doch schön gewachsen, mit ausladenden Hüften und ohne jegliche Taille!« Tessa zeigte auf eine volle, hohe Nordmanntanne.

Ihr Vater nickte anerkennend. Ja, die war prima. Auch Kata wedelte mit dem Schwanz und schien die Auswahl zu begrüßen. Willy Gutzeit begann, unten am Stamm zu sägen, und Tessa hielt den Baum weiter oben fest.

»Weißt du, Tessa«, sagte ihr Vater während einer Sägepause, »es geht mich ja nichts an, was da genau mit Ole und dir gewesen ist. Aber Fehler machen wir alle mal.« Er blickte ihr in die Augen. »Liebst du ihn denn noch?«

Tessa musste über die Frage nachdenken, denn sie hatte sie sich bisher noch nicht gestellt. »Keine Ahnung«, sagte sie daher nur.

Ihr Vater sägte weiter, dann war er fertig. Sie legten den Baum auf den Boden. Willy Gutzeit war etwas außer Atem. Er verschnaufte kurz und blickte seine Tochter dann nachdenklich an.

»Ich mach mir ernsthafte Sorgen um deine Mutter, Tessa. Du weißt schon: ihr schwaches Herz. Wenn sie Hausarbeit macht, ist sie danach jedes Mal ganz kaputt, und die Ärzte haben bisher auch nicht so richtig herausgefunden, was es ist. Sprich du doch mal ein ernstes Wörtchen mit ihr, dass sie endlich eine Putzfrau ins Haus lassen soll. Ich habe mir da schon den Mund fusselig geredet, aber sie hört einfach nicht auf mich.«

Ihr Vater sah sie sehr besorgt an, und Tessa nickte ihm aufmunternd zu: »Mach ich, Papa!«

Dann trugen sie gemeinsam den frisch geschlagenen Baum durch den Wald Richtung Auto. Kurz vor ihrem Parkplatz kam ihnen Hermann Sörensen entgegen, in Jägerkleidung, wie sie hier auf dem Land von bestimmten Männern gern getragen wurde. Wie lange hatte Tessa keinen Mann in Jägerkleidung mehr gesehen! Hermann war ein alter Bekannter von ihrem Vater, sie hatten immer schon von Jugend an gemeinsam Fußball im Verein gespielt und waren jetzt in der Altherrenmannschaft angelangt. Willy Gutzeit legte den Baum am hinteren Ende ab, Tessa vorn. Kata bellte, und Tessa nahm sie an die Leine.

»Moin, Hermann!«

»Willy, Moin! In Begleitung deiner schönen Tochter? Das ist ja ein seltener Anblick! Du, sie sieht genauso aus wie Theresa! Wie aus dem Gesicht geschnitten!«

Willy Gutzeit nickte zustimmend. »Ja, wir freuen uns auch, dass Tessa da ist.«

»Und, Tessa? Was macht Berlin? Glücklich verheiratet? Kinder?«, wollte Hermann wissen.

Tessa bekam unter ihrer Daunenjacke eine Hitzewallung, als wäre sie schon in den Wechseljahren. Hier schien einen ja wirklich jeder sofort und direkt nach dem Ehestand zu fragen.

Ihr Vater sprang ihr bei. »Tja, Hermann, wir müssen dann mal. Hella steht schon in den Startlöchern mit dem Lametta.«

»Marion auch jedes Jahr wieder. Ich kann dir gar nicht sagen, wie ich dieses Zeug hasse. Versaut mir jedes Weihnachten. Na ja, was macht man nicht alles um des lieben Friedens willen? Sonst hat die werte Gattin ja wieder drei Tage Lippenrheuma.«

Tessa musste über diesen Ausdruck grinsen: der typische Humor in ihrer Heimat.

»Tschüss, mach's gut, Willy. Wir sehen uns übermorgen beim Turnier.«

Sie nahmen wieder den Baum hoch, und als sie weitergingen, erklärte Tessas Vater: »Am zweiten Weihnachtsfeiertag haben wir ein Wohltätigkeitsspiel: Kappeln gegen Gelting. Pro Tor spendet die Sparkasse tausend Euro für die Flüchtlingshilfe. Hab ich organisiert …«

Als Tessa und ihr Vater auf die Auffahrt fuhren, stand vor dem Haus der rote Twingo ihrer älteren Schwester Susanne. Bens BMW parkte in der Garage, die Willy Gutzeit bereitwillig geräumt hatte. Sie legten den Tannenbaum im Vorgarten ab. Willy Gutzeit wollte den Stamm noch rasch unten anspitzen, gab Tessa seinen Haustürschlüssel und schickte sie schon mal rein. Als Tessa den Flur betrat, um sich Jacke und Schuhe auszuziehen, hörte sie, wie gerade im Wohnzimmer über sie geredet wurde.

»Ole hat doch im Grunde nicht zu Tessa gepasst«, das war Marens Stimme. »Ole ist ein Loser, ein Schauspieler, der in einem Zeichentrickfilm einen Hasen synchronisiert. Wenn ihr mich fragt, ist das sehr, sehr traurig und nicht gerade der Mann, auf den ich meine Zukunft bauen würde.«

»Ach, irgendwie mochte ich ihn, er war charmant«, hörte Tessa ihre Mutter sagen.

»Charmant?«, fragte Ben. »Er hat hier als euer Gast Weihnachten als bürgerliche Spießeridylle bezeichnet, als reinen Konsumterror.«

»Dass jemand mit Weihnachten so wenig anfangen kann …«, hörte Tessa ihre Mutter.

»Es zeigt eben, dass er mit Familie nichts am Hut hat«, ließ sich ihre ältere Schwester Susanne vernehmen.

»Wenn er Tessa wirklich geliebt hätte, dann hätte er gute Miene zu Weihnachten machen können und ihr das nicht angetan«, sagte Maren ganz entschieden.

»Kinder, bitte tut mir einen Gefallen und erwähnt Ole die nächsten Tage nicht. Damit Tessa einigermaßen schöne Weihnachten hat. Das arme Ding«, sagte ihre Mutter, und dann meldete sich wieder Maren.

»Tessa hatte schon immer unmögliche Freunde. So Künstlertypen!«

»Ach Gott«, pflichtete ihr Susanne bei, »der eine, der immer ganz in Schwarz kam und weiße Schminke trug!«

Kreischendes Schwesterngelächter und ein offenbar ungläubiger Ben, der fragte: »Tessa war echt mal mit einem Grufti zusammen?«

»Oder dieser Musiker, Kevin hieß der doch, oder? Der roch immer so nach Marihuana!«

Dann wieder Susanne in sorgenvollem Ton. »In dem Alter so abserviert zu werden, wer weiß, ob sie noch mal jemanden findet.«

Tessa atmete tief durch, öffnete noch einmal die Haustür und ließ sie wieder geräuschvoll ins Schloss fallen. Dann betrat sie das Wohnzimmer, wo ihre Familie zusammen einen Kaffee trank und die Mutter nebenbei noch Silberleuchter polierte. Sie umarmte ihre große Schwester herzlich und tat so, als ob sie von dem Gespräch eben nichts mitgekriegt hätte.

Susanne trug eine weite geblümte Bluse und darüber eine blaue Daunenweste, Leggings und Clogs mit dicken Socken. Sie hatte blond gesträhnte halblange Haare. »Na, meine arme Kleine?« Sie streichelte Tessas Schulter, und ihre hellwachen blauen Augen sahen durch eine randlose Brille voller Mitgefühl auf ihre kleine Schwester.

Willy Gutzeit betrat nun das Wohnzimmer. »Eure Schwester hat mal wieder mit einem einzigen Blick den besten Baum entdeckt!«

Susanne gab dem Vater zur Begrüßung einen Kuss auf die Wange, dann wandte sie sich an Tessa: »Du, Stella lässt fragen, ob du heute Nachmittag mit ihr noch Geschenke bastelst.«

»Ja, sehr gern!«, sagte Tessa prompt. Basteln mit ihrer Nichte hatte sie immer geliebt.

»Gut, dann kommt sie so um zwei Uhr vorbei und bleibt dann auch bei euch. Ede und ich müssen den Glühweinstand auf dem Markt aufbauen, für die Diakonie.«

»Heiligabend?«, fragte Maren fassungslos.

»Klar, nach dem Gottesdienst heißt es noch mal Glühwein saufen für den guten Zweck. Ist für die Flüchtlinge.«

»Tessa, hilfst du mir nachher, den Tannenbaum zu schmücken?«, fragte die Mutter. »Das hast du doch früher so gern gemacht.«

»Bei Ole durfte sie das ja nicht«, sagte Maren, »weil Weihnachten eine reaktionäre Spießeridylle ist.«

»Maren!«, mahnte die Mutter. »Ach ja, Tessa, kannst du bei Schlachter Jessen schnell noch die Gans abholen?«

»Wieso abholen? Die sitzt doch schon da«, sagte Tessa trocken mit Blick auf Maren.

»Kinderfernsehenhumor, unterste Schublade«, konterte Maren nur.

Hella Gutzeit seufzte: »Heute ist Weihnachten, Kinder, seid bitte friedlich miteinander! Denkt an mein schwaches Herz!« Das schwache Herz war immer der letzte Joker, der gezogen wurde.

Ihre Mutter gab Tessa einen Bon, auf dem die Nummer hundertvierzehn stand. »Musst du nur unter der Nummer abholen, bezahlt ist sie schon. Jessen hat noch bis eins geöffnet.«

Tessa nickte und machte sich gleich auf den Weg. Als sie die Haustür hinter sich schloss, war sie sich sicher, dass drinnen weiter über ihr unglückliches Beziehungsleben und ihre schlechte Prognose gelästert wurde. So war das nun mal mit Schwestern, mit Familie. Im Grunde hatte sich da seit früher nicht viel verändert. Tessa atmete tief die herrlich frische Luft ein und marschierte los Richtung Innenstadt.

10

Kappeln hatte eine sehr lange Einkaufsstraße, die vom Café Alte Schmiede bis zum Hafen hinunterreichte. Im Sommer war es immer sehr voll mit all den »Sommerrussen«, wie die Touristen von den Einheimischen genannt wurden. Es war eine Einkaufsstraße, die zumindest in der Saison rund um die Uhr belebt schien. Mit dieser Geschäftigkeit – wegen der Bäderverordnung gab es andere Öffnungszeiten – wurde auch eifrig geworben. »Kappeln – Sonntag – Auf!« stand im Sommer auf grellen Plakaten überall. Aber im Winter war es ruhiger, und heute am 24. Dezember um kurz nach zwölf war auch nicht mehr viel los. Die Kappler hatten ihre Einkäufe im Großen und Ganzen erledigt, schmückten jetzt zu Hause den Weihnachtsbaum, bereiteten das Weihnachtsessen vor oder verpackten die letzten Geschenke.

Tessa bummelte die Einkaufsstraße entlang. Sie ging an der Adler-Apotheke vorbei, in der sie damals ihre erste Minipille auf Rezept der Frauenärztin geholt hatte, als sie mit Kevin zusammen war. Daneben lag eine kleine Buchhandlung, die sich den Laden mit einem Weinverkauf teilte. Die alte Eisenwarenhandlung die Einkaufsstraße weiter runter war schon vor vielen Jahren einem Bio-Supermarkt gewichen, der Strickladen irgendwann einem Brillenladen. Und hier vor der Stadtbücherei hatte sie mal Softeis verkauft als Ferienjob. Tessa beschloss, noch bis runter zum Hafen zu gehen, vorbei an der Post in der Poststraße, die jetzt nicht mehr die Post war. Sie bog beim Juwelier um die Ecke und erblickte vom Fährberg aus die Schlei. Dann marschierte sie weiter den kleinen Berg hinunter zum Hafen. Sie liebte es, hier unten auf das Wasser und das andere Ufer zu sehen, auf die große neue Schleibrücke, die sich zur Segelsaison jede Stunde immer um Viertel vor für den Schiffsverkehr öffnete, um die Boote in Richtung Schleimünde und Ostsee oder Richtung Schleswig durchzulassen. Tessa mochte Kappeln hier unten besonders gern. Die alte Fährschänke, ganz früher wohl eine Absturzkneipe voller kaputter Typen, hatte sich total gemausert. Sie war jetzt eine gepflegte Kneipe mit einer großen Veranda Richtung Schlei und bot Hausmannskost an. Hier am Hafen befanden sich viele kleine Kneipen, Cafés und einige Fischrestaurants, die im Sommer von den vielen Touristen gut besucht waren. Und in den Sommermonaten lagen hier Segeljacht neben Segeljacht und ein paar Ausflugsboote wie die *Schleiprinzess* oder die *Stadt Kappeln.*

Hier war sie auch mit Ole Eis essend und Hand in Hand entlanggebummelt und hatte ihm stolz ihre Heimatstadt gezeigt. Es waren schöne Sommertage gewesen, und auch Ole hatte zugeben müssen, dass es viel cooler war, aus Kappeln zu stammen als aus Wanne-Eickel oder Duisburg. Sie waren mit den Fahrrädern der Eltern die herrlichen Schleiuferwege entlanggeradelt und hatten auch eine Schifffahrt nach Schleimünde gemacht. Dabei hatte Ole an Deck einen satten Möwenschiss abbekommen, was unter den Umstehenden für großes Gelächter sorgte. Sogar der Kapitän bekam es mit und machte eine Durchsage, dass Möwenschiss bekanntlich Glück bringe, obwohl der junge Mann es in seiner reizenden blonden Begleitung garantiert schon gefunden habe. Ole hatte gegrinst wie ein Superstar, während Tessa mit einem Taschentuch versuchte, die Möwenscheiße aus dem Haar, so gut es ging, herauszukriegen. In Berlin hatte Ole noch oft den Freunden davon erzählt und, wie es seine Art war, die ganze Geschichte tüchtig ausgeschmückt, den Schiss noch größer gemacht, einen spontanen Applaus der Umstehenden dazu erfunden und die Rede des Kapitäns jedes Mal verändert, aber Tessa mochte es, wenn er die Dinge ausschmückte und ihnen einen neuen Rahmen gab: So etwas, fand sie, gehörte sich für einen guten Geschichtenerzähler. Und das war Ole zweifellos. Sie würde wohl nie wieder einen Mann wie Ole finden.

Tessa ging am anderen Ende des Hafens den Dehnthof wieder hoch, an der Aalräucherei entlang mit ihren drei Schornsteinen, die zur Silhouette der Stadt gehörten. Kappeln war sicherlich nicht an allen Ecken pittoresk, und es gab einige Bausünden, trotzdem liebte Tessa ihre Heimatstadt. Wenn sie es richtig bedachte, war sie eine echte Lokalpatriotin, und sie fand nichts Schlimmes daran.

Tessa erreichte den Marktplatz, wo die Nikolaikirche aus rotem Backstein stand, die große Sparkasse, für die noch vor Tessas Geburt der alte, schöne Ratskeller abgerissen worden war, von dem ihr Vater immer geschwärmt hatte. Am Platz gab es eine weitere Buchhandlung, und auch Schlachter Jessen hatte hier seinen Laden. Die Schlange der Wartenden reichte bis auf den Marktplatz hinaus, es waren noch einige vor Tessa dran.

Sie hatte jetzt wieder die Sonnenbrille aufgesetzt, obwohl sich der blaue Himmel inzwischen bewölkt hatte und die Sonne sich nicht blicken ließ. Tessa hatte aber gerade überhaupt keine Lust darauf, erkannt und wieder von allen gefragt zu werden, ob sie verheiratet sei und Kinder habe. Was sie nicht bedacht hatte, war natürlich, dass sie mit Sonnenbrille am 24. Dezember beim Schlachter in Kappeln erst recht auffiel.

Vor Tessa stand eine junge Frau mit einem Kinderwagen, und Tessa blickte neugierig hinein. Es war diese Sorte Baby, die man automatisch anlächeln musste. Zwangsläufig musste sie wieder an Ole denken. Sie hatte sich während der Beziehung oft gefragt, ob Ole ein guter Vater wäre. Nun war sie schon fünfunddreißig, und der Mann, mit dem sie eine Familie hatte gründen wollen, hatte sie schmählich betrogen, auf die übelste Art und Weise. Tessa fragte sich, ob Steffi wirklich zufällig vorbeigekommen war oder ob die beiden schön länger was am Laufen und sich gezielt für den frühen Abend verabredet hatten. Tessas Weihnachtsfeier ging ja sonst immer länger, sie wäre unter normalen Umständen niemals vor Mitternacht nach Hause gekommen. Hätte Nadja nicht mit Arne im Kopierraum herumgeknutscht, hätte sie sich mit ihr so richtig gepflegt betrunken und auch Karaoke oder Polonaise mitgemacht – wie all die Jahre zuvor, in denen sie immer angetrunken und spät von der Weihnachtsfeier gekommen und am nächsten Tag verkatert gewesen war –, dann wäre sie jetzt in Thailand am Strand und nicht beim Schlachter in Kappeln.

Die Schlange war vorgerückt. Tessa stand endlich im Laden. Immerhin. Sie hörte zwei Frauen hinter sich miteinander fachsimpeln.

»Und ich sach noch, pass auf, das mit der Gelatine ist ganz heikel!«

»Ja, ja«, sagte die andere, »da hab ich auch schon so manches Malheur mit gehabt!«

Tessa guckte genervt auf die Uhr vom Handy, musste jedoch die Sonnenbrille hoch ins Haar schieben, um die Zahlen entziffern zu können. 12:30 Uhr. Es zog sich hier alles endlos, weil aber auch jeder vorn an der Theke noch Aufschnitt für die vielen Feiertage und die ganze Sippe einkaufte und einen kleinen Klönschnack hielt. Und sich alle immer noch gegenseitig fragten, wo sie denn Weihnachten feierten und mit wem und was es zu essen gab. Die Leute hier hatten echt die Ruhe weg. Kleinstadt eben.

Ein Mann in Knickerbocker und mit schütterem Haar hatte an der Theke eine Gans abgeholt und wollte gerade den Laden verlassen, da entdeckte er Tessa und blieb stehen. Sie erkannte ihn auch gleich wieder. Hubert Tich, ihr ehemaliger Biolehrer, der inzwischen auch im Ruhestand sein dürfte.

»Ist das nicht Gutzeit zwei?« Er hatte die Geschwisterkinder immer einfach durchnummeriert.

Sie starrte auf das teigige blasse Gesicht mit der Pilotenbrille. Tich trug tatsächlich immer noch das

Brillenmodell, das schon zu Tessas Schulzeiten veraltet gewesen war.

Lächelnd reichte er ihr die Hand. »Guten Tag!«

»Guten Tich, Herr Tach, äh … guten Tag, Herr Tich!«

Mist! Vor lauter Schreck war Tessa herausgerutscht, was sie früher immer gesagt hatten, um den Lehrer zu ärgern.

Prompt guckte Herr Tich auch säuerlich. Er zeigte auf das Baby im Kinderwagen, der gerade neben Tessa stand und somit auch zu ihr gehören konnte. »Ihr Baby?«

Tessa wusste nicht, warum sie so kleinlaut antwortete: »Nein, ich habe noch keine Kinder.«

»Aber die biologische Uhr tickt immer lauter, nicht wahr?«

Tessa bekam wieder diese Hitzewallungen, denn inzwischen herrschte Stille im Laden, und alle Kunden verfolgten die Szene.

»Wohl noch kein Männchen zur Vollendung des biologischen Programms gefunden, was?«, trumpfte der Giftzwerg jetzt auch noch auf.

Tessa wäre am liebsten im Erdboden versunken, doch da trat jemand hinter ihr aus der Reihe, stellte sich vor den Lehrer und räusperte sich laut.

»So, Herr Tach, äh, Tich, wir wollen hier doch nicht ehemalige Schülerinnen belästigen!«

Der Biolehrer guckte mit Rumpelstilzchenblick auf den Mann vor sich. »Ach nee, Matthiesen, den Body-Mass-Index ganz schön runtergefahren, was? Wie haben wir das denn geschafft?«

Sven Matthiesen blickte dem ehemaligen Lehrer fest in die Augen. »Durch regelmäßiges Kickbox-Training, Herr Tach, äh, Tich.«

Der Lehrer stieß ein kleinlautes »Dann ein frohes Fest allerseits!« aus und verließ hastig den Laden.

Sven Matthiesen lächelte Tessa an, nett und etwas schüchtern, genau wie damals. »Moin, Tessa! Lange nicht gesehen.«

»Sven? Bist du das?«, fragte Tessa erstaunt. Davon, dass er mal pummelig gewesen war, sah man nichts mehr. Er wirkte muskulös und durchtrainiert und sah ganz schick aus in seinem dunkelblauen Hemd, das unter einer geöffneten Cabanjacke zu sehen war. »Danke für die Unterstützung!«, sagte Tessa.

Charmant lächelnd und mit kleiner Verneigung antwortete er: »Gern, war mir eine Ehre!« Dann reihte er sich wieder brav in die Schlange ein.

In diesem Moment war Tessa endlich dran. Sie reichte dem Verkäufer hinter der Theke ihren Bon.

Mit der Gans in einer Tüte ging Tessa nachdenklich zurück durch die Einkaufsstraße. Was war das denn gerade gewesen? Es kam ihr vor wie in einem absurden Theaterstück. Erst dieser widerliche Tich, und dann sprang ihr ausgerechnet Sven Matthiesen bei, der auf die letzte Seite ihres Poesiealbums geschrieben hatte! Wer hätte das gedacht, was aus den kleinen, pummeligen Jungs im Wollpullunder aus der letzten Bankreihe so wurde. Tessa blieb vor dem Zeitungskiosk stehen, in dem es auch Zigaretten gab. Sie fixierte die Auslage und sagte halblaut zu sich:

»Tessa Gutzeit, sei stark! Du kaufst jetzt keine Zigaretten!«

Doch dann dachte sie: ›Scheiß drauf!‹ und betrat den Laden, um sich eine Packung Lucky Strikes zu besorgen. Sie war Mitte dreißig, kinderlos, Single. Sie war betrogen und gedemütigt worden, sie war verletzt, sie war traurig. Sie war die letzte Frau auf dem Planeten ohne Mann. Die Chancen, bei einem Verkehrsunfall umzukommen oder entführt zu werden, waren statistisch gesehen vermutlich größer als die, noch einen netten Partner zu finden und Mutter von ein paar entzückenden Kindern zu werden.

Sie fand, eine Frau mit diesem Schicksal hatte eine Packung Kippen mehr als verdient. Gesund leben, das war was für Glückliche.

11

Als Tessa zu Hause das Wohnzimmer betrat, stand der Weihnachtsbaum bereits im gusseisernen Tannenbaumständer. An einigen, noch etwas krummen Zweigen hatte der Vater volle Bierflaschen befestigt, damit sie etwas runterkamen. Das war ein witziges Bild, und Tessa machte mit ihrem Smartphone gleich ein Foto davon.

Ihre Mutter kam mit einem Turm leicht vergilbter Kartons herein, die anderen hatten sich schon zu einer Mittagsstunde zurückgezogen. Zum Mittagessen hatte es in der Küche noch einmal frische Suppe vom Vortag gegeben, und Hella Gutzeit hatte nebenbei die Gans schon mal in den Ofen geschoben, damit sie sie am Abend nur noch aufwärmen musste. »Schön, dass du mir beim Schmücken hilfst, Tessa. Das hast du doch immer schon gern gemacht. Im Gegensatz zu Maren. So, hier ist der gesamte Tannenbaumschmuck!« Hella Gutzeit stellte die Kartons auf dem Couchtisch ab.

»Aber lieber nicht zu voll, Mama, wir haben doch noch das Lametta!«

»Hast recht, Schätzchen.«

Tessa nahm die Bierflaschen herunter und steckte als Erstes die Kerzenhalter auf die Zweige. Dann hängten beide gemeinsam zuerst die Strohsterne und Glaskugeln in den Baum, so, wie sie es auch früher immer gemacht hatten.

»Guck mal, ist die nicht herrlich? Hat mir Elke aus Polen mitgebracht! Mundgeblasen.« Die Mutter hatte eine Glaskugel hervorgeholt, in der Maria und das Jesuskind im Schneegeriesel zu sehen waren.

Tessa verzog das Gesicht. »Mama, das ist ja totaler katholischer Kitsch. Und darüber noch das Lametta? Da kommt Maren doch nie mehr wieder!«

»Ach, ist doch Weihnachten, Kindchen. Da wird man mal ein bisschen kitschig sein dürfen. Wenn nicht heute, wann dann?« Die Mutter hängte die Kugel an einen Zweig, gut sichtbar, auf Augenhöhe. Dann holte sie aus einem anderen Karton einen selbstgebastelten Engel und hielt ihn ihrer Tochter hin. »Und der ist von dir. Fünfte Klasse. Du warst künstlerisch immer so begabt, am allermeisten von euch dreien.«

Tessa blickte den Engel an, war gerührt, dass ihre Mutter den immer noch in Ehren hielt.

»Meine so kreative Tochter … Und deswegen bist du ja auch beim Fernsehen gelandet.«

»Mama, es ist schön, dass du stolz auf mich bist, aber ich bin nicht beim Fernsehen. Ich arbeite für eine Firma, die Zeichentrickfilme fürs Fernsehen synchronisiert. Ich gucke, ob die Übersetzung stimmt und ob da nichts gegen den Jugendschutz verstößt. Mein Chef ist ein Ausbeuter, und der Job langweilt mich total.«

Tessa war selbst überrascht, wie klar sie ihre Misere auf den Punkt brachte. Offensichtlich hatte die Ole-Sache ihr auch für andere Problembereiche ihres Lebens die Augen geöffnet.

Die Mutter machte eine beschwichtigende Handbewegung. »Tessa, das Leben ist kein Wunschkonzert.

Und das mit dem Jugendschutz ist doch wichtig ... Sag mal, Liebes, wegen Ole und dir: Ich fand ihn ja immer sehr charmant, er hatte so eine einnehmende Art. Also, wenn du mich fragst: Man muss dem anderen auch Fehler verzeihen können in einer guten Partnerschaft. Aber natürlich nur, wenn er es wert ist.«

Tessa betrachtete nachdenklich den Baum, der schon wieder recht voll war. War Ole es wert? Nach diesem Fehltritt?

Ihre Mutter hatte unterdessen den letzten Karton geöffnet und riss sie gleich wieder aus ihrer Grübelei. »Oh, guck mal, der Schmuck meiner Eltern muss auch noch dran!«

»Der aus der Nazizeit, als keine christlichen Symbole erlaubt waren?« Tessa merkte, wie naiv es war zu glauben, ihre Mutter könnte sich beim Baumschmücken zurückhalten. Hella Gutzeit wollte trotz Lametta *allen* Schmuck am Weihnachtsbaum. Für einen echten Dekofreak wie sie gab's kein »weniger ist mehr«. Das hier war, neben Ostern, der Höhepunkt ihres Jahres.

»Sag mal, war Papa dir eigentlich immer treu?«, fragte Tessa beiläufig, während sie die bemalten Laubsägearbeiten – einen Fliegenpilz, Äpfel und ein Hexenhaus – an die Zweige hängte. Bis auf ein paar kaputte, angeschlagene oder schon immer übrig gebliebene Sachen waren alle Kartons jetzt tatsächlich leer.

Die Mutter schaute irritiert auf und sagte dann schnell: »Aber ja!« Dann klatschte sie in die Hände und strahlte Tessa an. »So, fast fertig. Jetzt fehlt nur noch das Lametta!«

Da klingelte es an der Haustür, und Hella Gutzeit verließ kurz das Wohnzimmer, um zu öffnen. Tessa nutzte die Gelegenheit, um die kitschige Glaskugel von Elke nach ganz unten umzuhängen. Kaum war sie damit fertig, stürmte ein neunjähriger, braunhaariger Wildfang ins Wohnzimmer und umarmte sie so heftig, wie es nur Kinder können.

»Tessa!«, rief ihre Nichte Stella.

Tessa drückte sie gerührt an sich und strich ihr übers Haar.

»Schön, dass du Weihnachten da bist!«, sagte Stella, und es kam so sehr von Herzen, dass Tessa ganz warm wurde. Das tat so gut.

Das Kind hatte einen Rucksack auf, aus dem ein paar Rollen Stanniolpapier ragten. Es sah aus wie für eine Bastelexpedition ausgerüstet. Ach ja, sie wollten doch noch zusammen Weihnachtsgeschenke basteln!

Kurz darauf saßen Tessa und Stella allein im Wohnzimmer am Esstisch. Auch Hella Gutzeit hatte sich zu einer Weihnachtsmittagsstunde zurückgezogen, nachdem sie noch zu dritt das Lametta an den Baum gehängt hatten. Kata lag unterm Tisch und hielt ihre Mittagsstunde dort zu Füßen von Stella und Tessa.

Tessa schnitt gerade ein paar Quadrate aus dem Stanniolpapier, und Stella faltete fleißig Sterne und klebte sie zusammen. Ein gutes Dutzend war schon fertig.

»Und die Jungs in deiner Klasse, wie sind die so?«, fragte Tessa.

»Alle blöde.«

»Und willst du immer noch Stewardess werden?«

»Nö.«

»Gut so«, sagte Tessa.

»Papa sagt, das sind Saftschubsen.«

»Genau. Alles Saftschubsenschlampen«, stimmte ihr Tessa grinsend zu.

»Ich werd Sängerin«, sagte Stella selbstbewusst.

Tessa guckte verwundert. »Aber, Schätzchen, du kannst doch gar nicht singen!«

»Nö, will ich auch gar nicht. Ich rappe! – Sag mal, und du hast Ole wirklich geext?«

Tessa staunte über den Ausdruck. »Ja, wenn du so willst: Ich habe Ole geext.«

»Gut so!«

»Ach ja? Und warum?«

Stella wand sich ein bisschen auf ihrem Stuhl. »Na ja, Mama sagt immer, man soll nicht schlecht über andere reden …«

»Och, das tut sie doch selbst auch manchmal. Na los, ich erlaube es dir hiermit. Ausnahmsweise.«

Stella grinste. »Okay, aber du bist dann auch wirklich nicht böse mit mir?«

»Versprochen!«

»Also, Ole war immer witzig und nett zu mir, aber weißt du, das war mehr so gespielt, nicht echt. Das war nur, um dir zu zeigen, dass er zu Kindern nett ist, weil du das so willst.«

Tessa musste tief durchatmen. Kindermund tut Wahrheit kund, oder wie hieß der Spruch? Nachdenklich blickte sie auf ihre Nichte, die sie erwartungsvoll ansah. »Ja, wahrscheinlich hast du recht, du altkluges

Gör. Er hat immer Rollen gespielt.« Sie sah auf die Wanduhr, es war gleich Viertel nach drei. »Apropos, die Weihnachtsfolge von ›Familie Hase‹ kommt. Wir sind doch fertig mit Basteln, oder? Wollen wir die zusammen gucken?«

»Na gut.«

»Das klingt ja nicht gerade begeistert.«

Kurz darauf saßen Tante und Nichte Arm in Arm auf dem Sofa vor dem neuen Flachbildschirm, den sich Willy Gutzeit zur letzten Fußball-WM geleistet hatte, und sahen »Familie Hase feiert Weihnachten«, eine Folge, die Tessa im Sommer bearbeitet hatte, als die Welt noch in Ordnung war. Durch den Vorlauf, den sie hatten, kam es dazu, dass Tessa stets in den Wintermonaten die Sommerfolgen mit Camping, Schwimmenlernen und Erdbeerernte betreuen musste und im Sommer die Winterfolgen mit Schneesturm, Weihnachten und Silvester. Im Frühling gab es Erntedank und im Herbst die Osterfolgen, alles komplett verschoben, aber sie hatte sich im Lauf der Jahre daran gewöhnt.

Der Vorspann mit der fröhlichen Musik war inzwischen vorbei, und es setzte eine weihnachtliche Melodie ein, zu der man »Familie Hase« auf einer Wiese neben einem mit roten Kugeln geschmückten Tannenbaum sah. Die Häschen knabberten einträchtig Möhrchen, da holte Papa Hase unter einem Busch ein kleines Schächtelchen hervor und überreichte es Mama Hase. Die drei Kinder guckten mit großen Hasenaugen. Mama Hase fragte: »Oh, Schatz, für mich?«, und Papa Hase nickte gespielt bescheiden. »Nur eine

Kleinigkeit, zu Weihnachten.« Dabei grinste er eitel. Tessa war berührt, Oles Stimme zu hören, diese schöne, satte und zärtliche Männerstimme, die so viele Nuancen hatte. Jetzt öffnete Mama Hase das kleine Kästchen. Ein Brillantring blinkte und glitzerte überirdisch darin, wie es in Animationsfilmen so wunderbar zu machen war. Man hörte die Hasenkinder gemeinsam »Oh!« ausrufen und dann Mama Hase: »Liebling, nein, ist der schön! Vielen, vielen Dank!« Sie gab Papa Hase einen Kuss, und er steckte ihr den Ring übers Hasenohr, wo er weiter märchenhaft glitzerte.

Tessa war zu Tränen gerührt, während Stella neben ihr nur gelangweilt gähnte.

»Weißt du, was ich am Kinderfernsehen nicht ausstehen kann?«, fragte Stella ihre Tante.

Tessa schüttelte den Kopf.

»Dass sie die Kinder manchmal für ganz schön bescheuert halten. Ich meine, Hasen feiern doch kein Weihnachten und schon gar nicht mit Weihnachtsbaum und so. Hasen feiern Ostern, mit Eiersuchen!«

Tessa guckte ihre Nichte amüsiert an. »Du hast natürlich recht, aber im Weihnachtsprogramm, da will keiner Ostern sehen. Außerdem ist das doch alles Fantasie, Schätzchen. In der Fantasie darf man alles.«

»Aber nicht lügen! Papa hat Mama noch nie einen Ring zu Weihnachten geschenkt, immer nur einen Gutschein, und sie schenkt ihm jedes Jahr eine Krawatte, Socken und so sinnlosen Kram.«

Tessa war neugierig geworden. »Hast du denn noch mehr an »Familie Hase« auszusetzen? Kannst du mir ruhig alles sagen, dann rede ich mit meinem Chef mal ein ernstes Wörtchen.«

»Ja, es gibt fast nie Streit unter den dämlichen Kindern. Bunny Blue ist ein Streber und Bunny Yellow ein echter Nerdi. Die reden immer so nett miteinander, so redet kein Mensch, außerdem haben die alle kein Smartphone, das ist ja wohl megaout. Und sie sind echte Landeier.«

»Aber sie leben doch auch auf einer Wiese«, wandte Tessa ein.

»Aber Tessa!«, empörte sich Stella weiter. »Auf dem Land passiert doch nichts Spannendes, das ist so was von uncool. *Oh, heute kommt das Bunny in den Kindergarten*, na, wie aufregend ist das denn?«

»Alles klar, Schätzchen. Danke für deine konstruktive Kritik.«

»Meine was?«

»Für deine so interessanten Anmerkungen. Ich geh mal kurz duschen und zieh mich um für unser Weihnachtsfest, okay?«

Kaum war Tessa aufgestanden, hatte sich Stella schon die Fernbedienung geschnappt, auf einen Musikkanal umgeschaltet und wippte im Takt auf dem Sofa mit.

Ihre Nichte war »Familie Hase« definitiv entwachsen, dachte Tessa, als sie nach oben ging. Sie zweifelte nach dem Gespräch mehr denn je an ihrer Hasenfamilie und ihrem Job. Stella hatte vollkommen recht. Und eine gute Quote sagte eben nichts über die Qualität der Serie aus. Sie seufzte, als sie das Bad betrat und die Tür hinter sich schloss. Leider würde sie das Sebastian niemals klarmachen können. Aber heute war Weihnachten, und sie hatte Urlaub. Bloß nicht an den Job und Berlin denken! Bloß nicht.

12

Um Viertel nach vier standen Willy und Hella Gutzeit, Maren, Ben und Tessa vor der Garderobe im Flur, alle frisch geduscht, zurechtgemacht und fertig angezogen fürs Weihnachtsfest und den Gottesdienst, der um 17 Uhr begann. Stella trug jetzt ein geblümtes Kleid mit weißem Rüschenkragen, das ihre Mutter schon am Vormittag vorbeigebracht hatte, und zog sich gerade noch ihre Winterstiefel an. Den Eltern sah man am Anzug, dem Kleid und den Schuhen an, dass sie ihre Sachen vor vielen Jahren gekauft hatten, der Schlips von Willy Gutzeit war vermutlich noch aus den siebziger Jahren und fast schon wieder retro-cool, aber nur fast. Und das festliche Kleid von Hella Gutzeit, die sonst nicht an ihrer Kleidung sparte, wurde einfach jedes Jahr wieder aus dem Schrank geholt. Es war das »Weihnachtskleid«. Tessa kannte ihre Mutter zu Weihnachten immer nur in diesem dunkelroten Lurexkleid mit Bindegürtel, das nicht gerade vorteilhaft saß.

Maren und Ben dagegen sahen aus, als ob sie in München in die Oper gehen wollten. Stella konnte ihren Blick nicht von ihrer schicken Tante Maren losreißen, die in dem edlen schwarzen Kleid, den eleganten Strumpfhosen und hohen Schuhen tatsächlich eine tolle Figur abgab. Einen größeren Kontrast zwischen beiden Paaren gab es nicht. In diesem Moment im Flur wurde Tessa bewusster denn je, wie sehr sich Maren von zu Hause entfernt hatte durch Studium, Job, München, durch ihr jetziges Leben.

Tessa hatte einfach einen grünen Samtcordrock angezogen, dazu einen braunen Rolli und ihre braunen Lederstiefel.

Maren rümpfte die Nase beim Anblick ihrer Schwester: »Nur weil es mit Ole aus ist, musst du dich doch jetzt nicht gleich in Tarnfarben kleiden!«

»Kinder, nun lasst doch mal«, versuchte ihre Mutter zu schlichten. »Heute ist Weihnachten, da wollen wir alle ganz friedlich miteinander sein.«

»Wenn wir nicht erst zum Segen kommen wollen, dann sollten wir jetzt aber los! Tessa fährt bei uns mit«, bestimmte ihr Vater.

»Na, und du, Stella? Willst du bei uns im BMW mitfahren?«, fragte Ben, und Stella nickte begeistert.

Tessas Nichte war jetzt auch fertig angezogen, es konnte losgehen.

»Rate mal, Tessa«, sagte Hella Gutzeit auf dem Weg zum Auto, »wer bei uns seit drei Monaten neuer Pastor ist: Dirk Hansen! Der hat doch die ganze Schulzeit über immer so für dich geschwärmt. – Ist noch Junggeselle.«

»Mama, Dirk ist erstens schwul und zweitens absolut nicht mein Typ.«

»Der ist doch nicht schwul!«, widersprach die Mutter.

»Auf jeden Fall hat sein Vater zwei linke Hände«, sagte Willy Gutzeit. »Wenn der alte Hansen eine Bohrmaschine in die Hand nahm, dann gab es einen Rohrbruch.«

»Opa, als du noch Toilettentieftaucher warst, was hast du denn da so für Schätze gefunden?«, sprach Stella noch ihr Lieblingsthema an.

»Einmal einen Rasierapparat samt Kabel. Und einmal habe ich fünf Kilo verdorbenen Fisch aus einem Klo rausgeholt. Das hat vielleicht gestunken!«

»Igitt«, machte Stella, und auch Ben und Maren verzogen das Gesicht.

»So, jetzt alle in die Autos! Abfahrt!«

Nachdem sie einen Parkplatz gefunden hatten, gingen sie kurz nach halb fünf über den weihnachtlich dekorierten Marktplatz von Kappeln, der wirklich schön aussah. Der Glühweinstand war schon da, aber von Susanne und Ede noch nichts zu sehen. Vor der Kirche war eine große Tanne aufgestellt, nur dezent erleuchtet, geschmackvoll. Sie betraten die alte Backsteinkirche, die innen schlicht gehalten war, und fanden wie durch ein Wunder in einer der vorderen Reihen noch Platz, alle nebeneinander. Kurz darauf war die Kirche bis auf den letzten Platz gefüllt. Pünktlich um fünf begann das Orgelvorspiel, und der Pastor, tatsächlich Dirk Hansen, Tessas ehemaliger Klassenkamerad, ging dynamisch nach vorn, sprach zum Altar gewandt ein Gebet und die Gemeinde sang das Lied »Macht hoch die Tür«. Auch Tessa sang mit, sie fühlte sich jetzt durchaus in Weihnachtsstimmung, die nur leicht durch das falsche Singen ihrer Nichte neben ihr getrübt wurde. Dirk Hansen war inzwischen auf die Kanzel getreten – er war deutlich fülliger, als Tessa ihn in Erinnerung hatte – und hatte von dort oben auch Tessa entdeckt und lächelte mit seinem Pastorenlächeln direkt zu ihr runter. Hella Gutzeit bekam das alles genau mit und blickte voller Mutterstolz auf ihre Tochter. Tessa war das ziemlich peinlich. Dann begann Dirk seine Predigt.

»Liebe Gemeinde, wir haben uns heute hier eingefunden, um gemeinsam den Weihnachtsgottesdienst zu feiern, und ich freue mich, dass die Kirche so voll ist und dass ich manch liebes Gesicht wiedersehe, das wir hier in Kappeln vermisst haben.«

Wieder guckte er zu Tessa, der erneut sehr heiß wurde unter ihrem Rollkragenpullover und dem Mantel.

»Was bedeutet uns Weihnachten heute noch? Ist es im Kern immer noch das Fest der Liebe? Der Freude? Wenn ich im Advent abends in Kappeln so durch die Wohngebiete spazieren gehe, ist es nirgendwo mehr wirklich dunkel. Überall sind an den Fenstern und in den Vorgärten Lichterketten angebracht, und ich denke mir: Schön, meine Gemeinde hat Sinn für Weihnachten, ist festlich gestimmt. Doch dann frage ich mich: Wie sollen wir angesichts der Massen an Lichterketten und Weihnachtsbeleuchtung überall eigentlich mitkriegen, welches Licht durch Jesu Geburt in die Dunkelheit, in unser Leben gekommen ist?

Und auch die Weihnachtsbäume biegen sich oft unter der Last des Schmucks! Da wird bei vielen einfach übertrieben, und sie haben das Wesentliche von Weihnachten nicht mehr im Blick.«

Ben und Maren sahen sich schmunzelnd an, auch Tessa unterdrückte nur mit Mühe ein Grinsen, weil sie aus den Augenwinkeln bei ihrer Mutter neben sich das verräterische Naserümpfen zu erkennen glaubte.

»Weihnachten ist nicht Lichterkette und nicht Lametta«, rief Pastor Dirk Hansen und machte sich bei Hella Gutzeit als Schwiegersohn in spe immer unbeliebter. Und dann erzählte er von Freunden, die jedes Jahr über Weihnachten diesem ganzen »Rummel und Konsum«, wie sie es nannten, entflohen und nach Asien flogen, um dort auf einsamen Inseln am Strand zu chillen. Er malte aus, wie es auf so einer Insel zuging, und erzählte von Fotos, die diese Freunde dann in einem Blog veröffentlichten und zu Weihnachten in einer Rundmail verschickten. Diese Mails hätten dann auch etwas von: »Schaut mal her, wir sind hier in der Sonne und Wärme und ihr im Regen und Dunkeln.«

Tessa driftete in ihren Gedanken ab und war plötzlich auf ihrer Weihnachtsinsel und in dem kleinen Resort auf Ko Samui. Sie sah das türkise Wasser vor sich, den weißen Strand, die Palmen. Sie erinnerte sich daran, wie sie mit Ole letztes Jahr zu Heiligabend noch Schnorcheln war. Sie hatten sich zum Riff rausfahren lassen und die wunderschönsten Fische gesehen, in prächtigen Farben. Danach hatten sie in der Hängematte gechillt, und Tessa hatte sich eine einstündige Massage gegönnt. Statt Gottesdienst. Sie roch immer noch das Kokosöl. Die Massagen hatten immer den Rest Verspannung, Berlin und Europa aus dem Körper geholt. Nach jeder Massage kam man mehr an in Asien, ließ alles andere hinter sich und fühlte sich so wohlig. Ole liebte es, direkt nach einer Massage mit ihr zu schlafen. Sie sei dann so entspannt wie ein kleines Tigerbaby, hatte er mal gesagt.

Danach hatten sie sich am Strand den ersten Cocktail gegönnt und den Sonnenuntergang verfolgt. Geschenke, das war ihre Abmachung, gab es Weihnachten nicht. Das Geschenk füreinander war die Reise. Im Restaurant des Strandresorts gab es anschließend ein Thaicurry mit Garnelen. Die Besitzer hatten sich für ihre Gäste Weihnachtsmützen aufgesetzt, das war grauenvoll, und niemand wollte es wirklich, aber keiner traute sich, es ihnen zu sagen. Später gab es dann in der Stranddisco noch eine Fete, und es wurde wild getanzt, ein XL-X-mas-Joint ging rum, und irgendwann früh morgens gegen drei waren sie und Ole in ihre Bambushütte gewankt, hatten sich unterm Moskitonetz aneinandergekuschelt und waren zum Geräusch der Meeresbrandung schließlich eingeschlafen.

»Aber sind diejenigen, die so eine Fernreise machen, nicht auch Weihnachtsvermeider?«, hörte Tessa plötzlich wieder Dirk Hansen. »Ist das nicht eine Flucht vor dem Kern von Weihnachten, einem Fest, das Verbindlichkeit von uns verlangt und uns verletzlich macht? Weihnachten ist nichts für Angsthasen, nichts für Bangbüxen! Weihnachten ist nichts für Feiglinge und Weicheier!« Und er kam zum großen Finale, immerhin war das seine erste Weihnachtspredigt hier als neuer Pastor in der Gemeinde. »Weihnachten ist nicht das neue Smartphone, der riesige Flachbildschirm. Weihnachten, das ist viel größer und besser als all das. Weihnachten, das ist die Geburt Jesu Christi, das schönste Geschenk, das Gott uns machen konnte. Ein kleines verwundbares Baby, noch ganz unschuldig, liegt dort in der Krippe im Stall, und die Ungläubigen fragen:

Das soll der Retter der Welt sein? Dieser kleine Hosenschieter?«

Ein Schmunzeln ging durch die Reihen, und Dirk Hansen machte eine kleine Kunstpause, um dann fortzufahren: »Wir alle kennen dieses Entzücken, ein frisch geborenes Kind anschauen zu dürfen, denn dieses Kind hat das Leben, alle Möglichkeiten ja noch vor sich.«

Tessa wunderte sich, dass sich Maren zwei Plätze weiter eine Träne wegwischte und Ben ihre Hand nahm. Diese Art von Rührung war untypisch für ihre kleine, coole Yuppieschwester.

Pastor Dirk Hansen kam nun wirklich zum Ende: »Weihnachten dürfen wir unsere weiche, verletzliche Seite zeigen. Und wir dürfen und sollen dieses Geschenk Gottes, das wir heute feiern, alle annehmen und uns daran freuen! Freue dich, freue dich, o Christenheit. Amen.«

Wieder eine effektvolle Pause.

»Bevor wir gleich das Senioren-Blockflötenensemble hören, noch ein Wort zur Willkommenskultur in Kappeln. Ich bin sehr stolz auf meine Gemeinde, wie herzlich viele engagierte Menschen hier die Geflüchteten empfangen. Von der tagtäglichen Betreuung über den Deutschunterricht bis hin zu Behördengängen, aber auch allerlei wichtige Dinge für den Alltag werden organisiert und besorgt. Auch die Diakonie unterstützt die Flüchtlinge, wo sie nur kann. Draußen können Sie vor dem Weg nach Hause deshalb noch einen Glühwein trinken, dessen Erlös zu einhundert Prozent an die Flüchtlingshilfe geht. Und natürlich gibt es auch alkoholfreien Glühwein.«

Ein paar ältere Leute, darunter Elke in einem goldglänzenden Kostüm und mit Föhnfrisur, traten auf die Orgelempore und spielten auf leider etwas verstimmten Blockflöten »Es ist ein Ros' entsprungen«. Das Lied dauerte eine gefühlte Ewigkeit. Schließlich gab es noch den Segen, und am Schluss sang die ganze Gemeinde im Stehen »Oh, du Fröhliche«.

Dann ging es zum Ausgang, wo Pastor Dirk Hansen alle seine Schäfchen mit einem Händedruck, einem Lächeln und einem »Frohe Weihnachten!« verabschiedete. Bei Tessa sagte er noch mit einem tiefen Blick in ihre Augen: »Tessa! Schön, dich mal wiederzusehen!«

Vor der Kirche hatte sich der Posaunenchor aufgestellt und spielte Weihnachtslieder. Tessa sah, dass Sven Matthiesen auf der Trompete mitspielte. Dann ging die ganze Familie quer über den Marktplatz zum Glühweinstand, wo Susanne und ihr Mann Ede jetzt gemeinsam herumhantierten. Sie trugen beide blinkende Weihnachtsmützen, und Tessa schob das Bild, das sich automatisch in ihr Bewusstsein drängte, beiseite. Sie hatte ja beschlossen, sich nicht auch noch dieses Weihnachten durch Ole versauen zu lassen. Sie wollte ihn und die ganze Sache wenigstens heute Abend, so gut es ging, vergessen.

Willy Gutzeit orderte einen Glühwein für Tessa und sich. Die anderen wollten alle nicht, doch Ben ließ es sich nicht nehmen, einen Schein in die Box zu legen.

Tessa nahm gerade einen großen Schluck, da kam eine Frau in ihrem Alter auf sie zugestürmt.

»Tessa, ich fasse es nicht! Dich hat man ja ewig nicht gesehen. Du hast auch das Abitreffen geschwänzt!«

»Moin, Karola. Wie geht's?«

»Super, ich habe mich gerade selbstständig gemacht als Maklerin. Das geht so am besten mit meinen zwei Lütten. Und du? Bist du verheiratet? Kinder?«

»Nee, nicht direkt.«

»Du warst doch mit diesem gutaussehenden Typen zusammen, der Papa Hase spricht. ›Familie Hase‹ ist im Kinderprogramm meine absolute Lieblingsserie. Die ist so wunderbar altmodisch, da kannst du problemlos die Kinder vor parken. Und? Bist du noch mit dem süßen Schauspieler zusammen?«

»Nee, ist aus.«

Karola guckte ganz betroffen, voller Mitleid. »Och, Mensch, das ist ja sünde.« Dann fasste sie sich und rief ihrer Schwester, die fünf Meter entfernt stand, mit dieser typisch norddeutschen lauten Frauenklappe zu, sodass wirklich *jeder* es hören konnte: »Du, Ellen, stell dir vor, Tessa ist nicht mehr mit diesem Mats-Hummels-Typ zusammen, über den wir vorhin geredet haben!«

Ellen guckte voller Mitleid auf Tessa, die vor Scham am liebsten wieder im Erdboden versunken wäre.

»Ich muss dann mal wieder zu meiner Sippe«, sagte Tessa nur matt, um hier irgendwie wegzukommen, und Karola strahlte:

»Wir sehen uns morgen Abend auf dem Ehemaligenball. Da lassen wir es so richtig knallen, ja?«

Der Ehemaligenball war vor Jahrzehnten von früheren Schülern des Kappelner Gymnasiums ins Leben gerufen worden, die fanden, dass man sich, wenn alle zu Weihnachten nach Hause kamen, zu einem Fest zusammenfinden sollte, und zwar zu einem richtigen Ball. Und so gab es seitdem jedes Jahr am Abend des ersten Weihnachtsfeiertages den sogenannten »Weihnachtsball der ehemaligen Schüler des Schillergymnasiums zu Kappeln«. Und wenn es auch früher wohl mal ein echter Ball gewesen war, so war es jetzt eine Dorfsause mit Combo und viel Alkohol, ein Schwof und eine ziemlich schräge Veranstaltung, bei der sich Alt und Jung mischten und zusammen feierten, was ja selten genug vorkam. Aber älter als vierzig, fünfzig war dort wohl keiner mehr. Susanne und Ede gingen auch jedes Jahr hin und gehörten inzwischen zu den älteren Semestern.

Tessa wandte sich wieder ihrer Familie zu. Sie bekam mit, wie ihrem Vater gerade von jemandem zwei Kinderfahrräder für die Flüchtlingsfamilien angeboten wurden.

»Da werden sich Norin und Mustafah aber freuen«, sagte Willy Gutzeit mit einem Strahlen, als ob er selbst ein Kind wäre und ein neues Fahrrad bekäme.

Tessa war gerührt, wie sehr ihr Vater sich für die Flüchtlinge in Kappeln einsetzte. Wahrscheinlich hatte er einfach noch zu gut in Erinnerung, wie es ihm selbst nach dem Krieg als Flüchtlingskind ergangen war. Er war als fünfjähriger Knirps mit seiner Mutter aus Ostpreußen über die Ostsee geflohen und dann eben in Schleswig-Holstein gelandet. Noch heute erzählte er mit leuchtenden Augen, wie in der Sporthalle in Mürwik, die die frisch angekommenen Flüchtlinge aufnehmen sollte, lauter Strohsäcke ausgelegt waren und auf jedem Sack zwei rote Äpfel lagen.

Tessa nahm unter dem tadelnden Blick von Maren eine Zigarette aus ihrer Packung und ging ein paar Schritte zur Seite. Als sie sich die Zigarette gerade angezündet und die ersten genussvollen Züge genommen hatte, tippte ihr jemand auf die Schulter. Sie drehte sich um und blickte in die blauen Augen von Dirk Hansen. Er kam gerade erst aus der Kirche, jetzt ohne Talar und in einem dunkelblauen Dufflecoat.

»Und? Wie hat dir meine Predigt gefallen? Hat mich nächtelange Arbeit gekostet.«

»Äh, super, ist echt wichtig, dass mal jemand was gegen Lametta sagt. Meine Mutter wird dich zwar hassen ab jetzt. Aber gut.«

Dirk grinste unsicher. Er wusste nicht, ob Tessa ihn gerade hochnahm oder nicht. »Und was hat das Leben für dich gebracht, Tessa? Auf den Abitreffen warst du ja nie. Wir haben dich vermisst! Bist du glücklich liiert? Kinder?«

Tessa nahm einen weiteren tiefen Zug von der Zigarette. »Wie oft ich diese Frage in den letzten vierundzwanzig Stunden gehört habe! Und du, Dirk? Was ist bei dir so los?«

»Ich bin noch auf der Suche nach der Richtigen. Oder sagen wir so: Ich lasse mich noch finden.«

Er sah sie dabei so an, dass er ihr leidtat. Dieser Mann war schwul, ohne dass er es wusste oder sich jemals eingestand, oder aber er hatte ausgesprochen raffinierte Mechanismen entwickelt, es zu verbergen.

»Ich muss dann mal wieder zu meiner Familie«, sagte Tessa nur, und Dirk nickte verständnisvoll.

»Ja klar. Ciao, mach's gut!«

Tessa ging direkt zu Susanne und warf drei Euro in die Spendenbox. »Mach mir bitte noch mal einen Becher. Ich muss die armen Flüchtlinge unterstützen, anders ist das hier ja nicht auszuhalten.«

»Tja«, sagte Susanne nur, »du stehst unter allgemeiner Beobachtung. Eine Frau Mitte dreißig ohne Mann, das ist verdächtig.«

Beide grinsten sich an, dann hob Ede seinen Becher. »Prost, Schwägerin, wenn ich nicht schon so wahnsinnig glücklich verheiratet wäre, würde ich mich deiner erbarmen.«

Tessas Lächeln gefror. Was man sich hier als Single alles so anhören musste!

Susanne zeigte auf den Posaunenchor. »Guck mal, der an der Trompete, das ist Sven Matthiesen, der ging doch mit dir zur Schule!«

Tessa blickte wieder rüber, musste lächeln. »Ja«, sagte sie nachdenklich, »nur dass er damals klein und dick war und alle ihn gehänselt haben.« Sie sah, wie ein kleines Mädchen, vielleicht fünf, sechs Jahre alt, auf Sven zulief und laut »Papa! Papa!« rief. Er unterbrach sein Trompetenspiel und nahm die Kleine auf den Arm. Sven war offensichtlich ein liebevoller Vater. Tessa musste zwangsläufig wieder an Ole denken. Daran, dass sie immer geglaubt hatte, er wäre der Mann, mit dem sie ihre Kinder haben wollte.

Ihre Mutter unterbrach die Gedanken. »Kinder, wir müssen los!«

»Ede und ich bauen noch ab und kommen dann in einer halben Stunde nach«, sagte Susanne, und die Mutter nickte.

13

Gegen halb acht saßen Willy und Hella Gutzeit, ihre drei Töchter, Ben, Ede, Stella und Elke am Esstisch und hatten die Gans, die Kartoffeln, den Rosenkohl, Rotkohl und die leckere Soße dazu genossen und auch schon reichlich Rotwein getrunken. Zur Feier des Tages tranken auch Maren und Ben Alkohol, und Elke sprach dem Rotwein ebenfalls freudig zu. Sie hatte schon ganz gerötete Wangen über ihrem goldglänzenden Kostüm, das sie sich 1972 geschneidert hatte, wie sie stolz erzählte (besonders stolz war sie wohl darauf, dass sie da noch immer reinpasste). Die Stimmung war harmonisch und ausgelassen. Es wurde noch etwas über die Predigt gelästert, Susanne und Ede waren zufrieden mit den Einnahmen für die Flüchtlingshilfe, und alle zeigten sich von ihrer besten Seite, waren von ausgesuchter weihnachtlicher Freundlichkeit.

Das einzige Problem war, dass man die Schüsseln mit dem Essen nirgendwo abstellen konnte, da der ganze Tisch voller Engelchen, Kerzen und Tannenzweigen war. Entzückend, sehr feierlich, aber etwas unpraktisch, denn wenn man jemandem eine Schüssel über den Tisch hinweg anreichen wollte, verbrannte man sich unweigerlich die Flossen. Also gingen die Schüsseln in einer Endlosschleife immer herum um den Tisch und unterbrachen ständig das Essen.

Darüber hatte Ole sich damals auch schon amüsiert, und obwohl Tessa ihm insgeheim recht geben musste, hatte sie ihre Mutter verteidigt. Hella Gutzeit mochte einfach nicht darauf verzichten, all ihre Engelkerzenhalter passend zum schönen Service auf den Tisch zu stellen, schließlich ergab sich diese Gelegenheit ja nur einmal im Jahr. Und lieber hätte sie sich eine Hand abgehackt, als von der Tischdekoration auch nur ein bisschen was wegzunehmen.

Der Tannenbaum stand in einer Ecke des Wohnzimmers, noch hatten sie die Kerzen nicht angezündet, das machten sie traditionell erst nach dem Essen zur Bescherung. Als sie den Nachtisch gegessen hatten, erhob sich der Vater. Es wurde still, er rückte seine Krawatte zurecht, räusperte sich und blickte feierlich in die Runde. »Liebe Hella, ich möchte dir gern von Herzen danken, wie schön du hier dieses Jahr alles wieder hergerichtet und vorbereitet hast, mit so viel Liebe und mit tatkräftiger Unterstützung unserer geschätzten Freundin und Nachbarin Elke.«

Elke guckte geehrt und sagte leise: »Aber gerne doch.«

Willy wandte sich wieder mit diesem speziellen Leuchten in den Augen an seine Frau, und Tessa war gerührt, wie viel Liebe ihr Vater für die Mutter empfand und auch zu zeigen in der Lage war. »Und, Hella, deine Gans war wieder mal spitzenmäßig!«

Hella Gutzeit lächelte, freute sich über das Kompliment und schien vollkommen glücklich, dass ihre ganze Familie um den Tisch versammelt war.

»Wenn ich daran denke, wie Weihnachten für mich

als Junge war, damals nach der Flucht, als wir wirklich nichts hatten, das war immer sehr traurig. Aber ihr kennt ja alle die schöne Geschichte, als meine Mutter mir dann Weihnachten fünfundvierzig, da war ich fünf, eine Apfelsine schenkte. Das war das größte Glück! Diese Apfelsine werde ich niemals vergessen. Damals als Knirps dachte ich: Ich möchte später mal so reich sein, dass ich mir eine ganze Kiste Apfelsinen leisten kann.«

Die anderen am Tisch lächelten alle. Man kannte die Geschichte, aber hörte sie jedes Jahr neu und fand sie immer wieder schön.

Der Vater wandte jetzt seinen Blick Tessa zu. »Dann freuen wir uns alle, dass du, liebe Tessa, dieses Jahr mit uns feierst, auch wenn die Umstände für dich nicht die schönsten sind.«

Elke neben ihr tätschelte tröstend Tessas Hand.

»Als dein Vater kann ich nur sagen: Ich freue mich immer, wenn du bei uns bist!«

Tessa schossen bei den Worten ihres Vaters ein paar Tränen in die Augen. Er hielt nicht oft Reden, aber wenn, kamen sie immer von Herzen und gingen zu Herzen. Tessa bemerkte, dass alle am Tisch sie liebevoll ansahen, und sie spürte ein ganz warmes, wohliges Geborgenheitsgefühl, das Familien-Kachelofen-Gefühl.

Jetzt wandte ihr Vater sich an Maren und Ben, die nebeneinandersaßen. »Und natürlich ist es schön, dass auch Maren und Ben dieses Jahr wieder bei uns sind – alle zwei Jahre, da seid ihr ganz gerecht und konsequent, und das schon seit zwölf Jahren, denn so lange seid ihr ja inzwischen zusammen. Und, nun ja, wir sind natürlich dankbar, dass es die liebe Stella gibt, aber es könnten dann auch noch ein paar mehr Enkel werden.« Er blickte Maren und Ben an und zwinkerte ihnen zu. Sie nickten verlegen, und alle am Tisch lachten, nur Tessa war nicht danach. Willy Gutzeit wirkte so, als ob er den Faden seiner Rede verloren hätte. Da kam Kata vom Flur hereingetrottet und stupste ihn mit der Schnauze an.

»Als wenn du es ahnen würdest, hm?«, sagte er, dem Hund durchs Fell fahrend. »Auch für Kata soll heute Weihnachten sein.« Er zauberte von der Fensterbank einen schönen dicken Knochen herbei und legte ihn dem Hund zu Füßen, der sich prompt draufstürzte und losknabberte.

»Und nun lasst uns anstoßen. Frohe Weihnachten!«

Sie erhoben die Gläser und stießen alle an. Das Klirren der Weingläser klang wunderschön und das Durcheinander der Stimmen, darunter das lauteste »Frohe Weihnachten!« von Stella. Tessa entging aber nicht, dass ihre Schwester Susanne etwas muksch guckte. Schmallippig stapelte sie gleich nach dem Toast ein paar Teller und rauschte Richtung Küche davon.

»Menno, wann gibt's denn endlich die Bescherung?«, fragte Stella genervt und rutschte ungeduldig auf ihrem Stuhl hin und her.

»Gleich, Schätzchen«, beruhigte ihre Oma sie. »Wir räumen noch schnell ab, Opa zündet inzwischen die Kerzen am Baum an, und dann musst du vor der Bescherung noch ein Weihnachtsgedicht aufsagen, wie jedes Jahr!«

Tessa nahm ein paar Schüsseln und trug sie in die

Küche. Als sie gerade wieder ins Wohnzimmer wollte, hörte sie von der Gästetoilette gegenüber ein unterdrücktes Schluchzen. Sie lauschte kurz an der Tür und klopfte leise. »Susanne? Ich bin's, Tessa, mach doch mal auf.«

Susanne schloss auf, und Tessa öffnete die Tür. Sie sah ihre große Schwester vor dem Spiegel stehen, wo sie gerade versuchte, sich verlaufene Wimperntusche von der Wange zu wischen.

Tessa trat ein und schloss die Tür von innen. »Süße, was ist denn? Wegen Papas Rede?«

»Sogar den Hund hat er erwähnt. Nur Ede und mich nicht!«

»Aber das meint er doch nicht böse.«

»Jeden Tag gucke ich nach ihnen, ob alles in Ordnung ist. Das mache ich gern, wirklich! Ich kümmere mich um Mamas Herzmedikamente und fahre sie auch zu ihren Arztterminen. Nur Papa, den sturen Bock, kriegst du nicht zum Arzt. Ich habe diese bayerische Creme zum Nachtisch gemacht. Aber kein Wort des Dankes an mich.«

»Weißt du, das liegt vielleicht daran, dass ihr immer da seid …«

»Und das ist so ungerecht! Nächstes Jahr fahren wir auch nach Gran Canaria. Soll er mal sehen!«

»Komm, Susanne, gleich ist Bescherung. Ich hab was Schönes für dich, wird dich aufmuntern.«

Kurz darauf saßen sie alle im Wohnzimmer um den Baum herum, verteilt auf das Sofa, die Sessel und Stühle. Willy Gutzeit hatte inzwischen alle Kerzen am Baum angezündet, und Tessa war hin und weg beim Anblick des schönen Baumes, der von oben bis unten mit seinen vielen Kerzen festlich und majestätisch glänzte und durch das Kerzenlicht den Schmuck indirekt anleuchtete. Lichterglanz, war das nicht das Wort in all den Weihnachtsliedern? Tessa fand, es traf so vollkommen zu. Hier in diesem festlich gedämpften Licht sah auch das Lametta nicht mehr schlimm aus, selbst die – inzwischen wie durch ein Wunder wieder sichtbar auf Augenhöhe hängende – Glaskugel von Elke fiel nicht weiter auf. Ihre Mutter hatte vollkommen recht: Zu Weihnachten durfte man ein bisschen Kitsch zulassen. Weihnachten vertrug das, ohne deswegen gleich flach zu werden.

Tessa musste lächeln. Ein Weihnachtsbaum mit echten Kerzen, das hatte sie jahrelang nicht mehr gehabt. Wenigstens ein Gutes musste das Aus mit Ole ja haben: das Bonusprogramm zur Trennung.

Die Geschenke lagen traditionell alle unter dem Baum, mit Namen des Empfängers beschriftet. Doch jetzt kam erst noch das Gedicht. Stella stellte sich mit roten Wangen vor den Baum. Alle Augenpaare richteten sich auf das Kind, das irgendwie jedes Jahr ganz schön wuchs und mit seinen neun Jahren schon an der Grenze zur Pubertät zu sein schien. Vor vier Jahren, als Tessa mit Ole das letzte Mal da gewesen war, hatte Stella mit Zahnlücke noch »Von drauß vom Walde komm ich her« mit unzähligen Versprechern aufgesagt. Das war niedlich gewesen und hatte auch Ole gefallen.

Jetzt erklärte Stella ihrem Publikum: »Also, ich dachte, es ist öde, wenn wir jedes Weihnachten das

Gleiche machen. Jedes Jahr so ein langweiliges Gedicht, das ihr alle schon kennt, und zwar besser als ich. Also habe ich selbst was gedichtet.«

Ein erstauntes »Oh« ging durch die Runde, so einen begabten Nachwuchs in der eigenen Familie zu haben fanden natürlich alle toll. Vor allem aber Ede und Susanne guckten stolz auf ihre Tochter.

»Ihr wisst ja, dass ich später mal Rapperin werden will, also gibt's jetzt meinen ersten Weihnachtsrap für euch.«

»Was will sie werden?«, fragte Hella Gutzeit in die Runde.

»Rappen«, erklärte Tessa ihr, »das ist so eine Art Sprechgesang.«

Und Elke fügte hinzu: »Von so Negern und Türken. Mit schwarzen Mützen und fetten Silberketten!«

Stella kramte umständlich einen zerknitterten Zettel aus der Hosentasche.

»Darf ich dich filmen?«, fragte Tessa, und Stella nickte.

Tessa holte ihr Smartphone aus der Rocktasche und schaltete den Videomodus ein. Alle guckten versonnen auf das Kind, das nun endlich loslegte:

»Ey, es ist Weihnachten,
das ist voll cool,
alle wissen es,
der Pastor ist schwul,
die Kirche ist voll,
die Großen bald auch,
und die gute Gans,
die liegt hier im Bauch.«

Tessa schwenkte auf die Familie und nahm die leicht irritierten Gesichter auf. Der Rap war nicht gerade das, was sie erwartet hatten.

»Gleich gibt es Geschenke,
Mama Gutschein und
Papa wieder Socken,
und alle hoffen
auf weiße Schneeflocken.
Doch da können wir lange zappeln,
immer nur Regen
in unserem Kappeln.
Bei der Bescherung
gibt es voll viele Sachen,
die nicht immer allen
große Freude machen.
Man muss auch mal ehrlich sein im Leben,
Weihnachten geht echt viel daneben.
Ich weiß, dass ihr immer sagt,
ihr wollt nichts von mir heut,
und wenn ich was bastel,
dann tut ihr so,
als wenn's euch freut.«

Susanne ging zu ihrer Tochter und umarmte sie. »Danke, Schatz, das war jetzt wirklich mal was anderes, hast du toll gemacht!«

Tessa stoppte die Aufnahme, legte ihr Handy beiseite und begann zu klatschen, und die anderen klatschten verhalten mit, froh darüber, dass es vorbei war, und ganz und gar nicht froh über die Abweichung vom traditionellen Programm. Um ihre Tochter abzulenken, fischte Susanne unterm Baum zwei Riesengeschenke heraus und gab sie Stella, die sofort auszupacken begann. Und weil sie gerade dabei war, reichte Susanne auch noch Tessa und Ede jeweils ein Geschenk.

Tessa machte ihr Geschenk vorsichtig auf, es war eines von denen, die in der Woche vor Weihnachten nach Berlin geschickt worden waren und die sie dann hierher mitgebracht hatte. Ein buntes Strandtuch.

Susanne sah sie etwas unglücklich an. »Das sollte eigentlich für Thailand sein … Aber der nächste Sommer an der Ostsee kommt bestimmt.«

»Danke«, sagte Tessa matt und versuchte, den Gedanken an Ole und Ko Samui wieder wegzuschieben.

Ede hatte inzwischen seine obligatorischen fünf Paar schwarze Socken ausgepackt, hielt sie hoch und sagte in die Runde: »Danke, Schatz, ich bin ganz von den Socken! Wie von meiner Tochter vorhergesagt …«

Dann zog er seinerseits einen Umschlag aus der Innentasche seines Jacketts und reichte ihn seiner Frau.

Susanne tat übertrieben überrascht: »Oh, ein Gutschein? Na, schaun wir mal, ob für Douglas oder für die Buchhandlung …«

Ede erklärte pragmatisch: »Ich dachte, du suchst dir am besten selbst was Schönes aus. Wenn ich dir was kaufe, ist es ja meistens doch falsch und wird umgetauscht.«

Tessa war gar nicht klar, wie angespannt die Ehe der beiden war. Ole hatte sich zwar vor vier Jahren während der Bescherung mit Sprüchen zurückgehalten, aber hin und wieder zu Tessa rübergeschaut mit diesem

Das-kann-ja-wohl-nicht-wahr-sein-Blick. Dass ihre Schwester ihrem Mann Socken schenkte, empfand Ole als seelische Graumsamkeit und eine Ehegatten-Entwertung. Tessa hatte ihre große Schwester verteidigt und erklärt, dass es sich um extrem edle, teure Socken handelte. Doch das hatte Ole nicht gelten lassen.

Stella hatte inzwischen ihr Geschenk ausgepackt und mit Hilfe ihres Opas auch zusammengesetzt. Es handelte sich um eine kleine E-Gitarre für Kinder mit Verstärker (von Tessa spendiert), und sie freute sich riesig. Nur das Anschlusskabel fehlte. Willy Gutzeit suchte und suchte in der Styroporverpackung, fand es aber nicht. Stella guckte verzweifelt.

»Heißt das jetzt, ich kann gar nicht spielen? Och, menno, ich hasse Weihnachten! Vorletztes Jahr fehlte die Buchse von der Spielkonsole und einmal die Batterien für das neue Xylophon.«

»Wir haben auch noch was für dich«, tröstete Maren sie und überreichte ihr ebenfalls ein Geschenk, und so ging das fröhliche Überreichen und Auspacken weiter. Willy Gutzeit freute sich mächtig über Tessas Gutschein für den Baumarkt, die Mutter über das edle Wolltuch und die schöne Glasvase. Tessa bekam von ihren Eltern einen einteiligen Pyjama-Overall aus kuscheligem Biberstoff mit Rentieren drauf.

»Für die kalten Nächte in Berlin«, sagte ihre Mutter nur.

»Jetzt, wo Ole sie nicht mehr wärmt«, ergänzte ihr Schwager Ede, und Tessas Lächeln gefror wieder. Sie hörte in Gedanken Oles Kommentar zu dem Overall. Dann trat Maren auf Tessa zu und drückte ihr ein professionell eingepacktes Buch in die Hand. Tessa packte es aus und sah auf das Cover, der Titel sprang sie förmlich in seinen Leuchtbuchstaben an. *Keine Panik! Wie frau noch mit Mitte dreißig den Richtigen findet.*

Ihr schoss das Blut ins Gesicht. Maren hatte das Buch bestimmt noch gestern Abend bei Amazon bestellt und sich per Expressversand nach Kappeln liefern lassen. »Danke, da bin ich mal gespannt. Sicher gibt es ein Zehn-Punkte-Programm, was ich in meinem völlig verpfuschten Leben alles ändern muss.«

Tessa hatte mal einen Artikel über das Schenken gelesen, in dem von sogenannten »Ohrfeigengeschenken« die Rede war, und um so ein Ohrfeigengeschenk handelte es sich hier zweifellos. Sie wusste schon jetzt, dass sie dieses Buch nie im Leben lesen würde.

Als alle Geschenke ausgepackt waren, läutete Ben auf einmal mit der Weihnachtsglocke und stellte sich vor den Baum. »Darf ich um eure Aufmerksamkeit bitten? Schatz, kommst du?«

Maren war mit einem Tablett mit gefüllten Sektgläsern hereingekommen, das sie auf dem Wohnzimmertisch abstellte. Ein Glas war mit O-Saft. Sie stellte sich neben Ben, und alle anderen setzten sich gespannt um sie herum. Tessa quetschte sich neben ihre Mutter aufs Sofa, und Hella Gutzeit legte liebevoll den Arm um sie.

»Liebe Hella, lieber Willy, liebe Familie von Maren, liebe Elke. Maren und ich, wir möchten euch heute zu diesem schönen Anlass gern etwas mitteilen und euch bitten, euch am 7. Juli des kommenden Jahres nichts vorzunehmen.«

Freudiges, erstauntes Raunen.

»Na, das wurde aber auch mal Zeit!«, rief Ede.

Ben wandte sich nun direkt an Maren und fuhr fort: »Ich bin jetzt seit zwölf Jahren mit Maren liiert, und ich muss sagen, ich habe sie in all den Jahren von Tag zu Tag mehr lieben gelernt. Es gibt keine andere Frau im Universum, mit der ich lieber mein Leben teilen möchte. Schatz, du bist einfach perfekt!« Er blickte sie voller Liebe an, und sie erwiderte es, und alle im Raum waren gerührt, auch Tessa, aber bei ihr mischte sich noch ein ganz anderes Gefühl dazu, nämlich eine große Bitterkeit. Es war nicht so, dass sie Maren ihr Glück nicht gönnte, und sie hielt die beiden ja auch für ein perfektes Paar, aber das hier was das Letzte, was sie gerade gebrauchen konnte. Jetzt holte Ben eine kleine quadratische Schmuckschachtel aus der Jacketttasche. »Ich habe Maren daher gefragt, ob sie meine Frau werden möchte, und sie hat ja gesagt und mir damit das schönste Geschenk meines Lebens gemacht.« Er reichte Maren die kleine Schachtel. »Und das hier ist unser Verlobungsring!«

Maren bekam leuchtende Augen wie Mama Hase in der Weihnachtsfolge, und der Ring ähnelte dem aus dem Hasenfilm ebenfalls. Ein glitzernder Brillantring, der Maren nur verzückt stammeln ließ: »Oh, Ben, nein, ist der schön!«

Jetzt umarmten und küssten sich die beiden vor dem Tannenbaum mit dem Lametta, es war wirklich romantisch und sehr feierlich. Ben hatte den perfekten Zeitpunkt gewählt. Alle applaudierten. »Lasst uns mit einem Schlückchen Champagner anstoßen!«, sagte Ben.

Sie nahmen sich jeder ein Glas, erhoben es und stießen auf das künftige Brautpaar an.

Susanne guckte mit feuchten Augen auf ihre kleine Schwester, die so glücklich war, vielleicht erinnerte sie sich auch gerade an die Anfänge mit Ede. Und Tessa saß da und fühlte sich besonders schmerzlich mit dem Zerbrechen ihres eigenen Traums konfrontiert. Sie war sich sicher, dass Maren bald das erste Kind bekam und, karrieremäßig genau getaktet, irgendwann das zweite. Und vielleicht würde sie, Tessa, die Patentante werden. Mehr war in ihrem Leben vermutlich nicht mehr drin.

14

Tessa brauchte jetzt eine Zigarette. Sie ging in den Flur und holte ihren Mantel, in dem sich auch die Packung Lucky Strikes befand, dann trat sie vom Wohnzimmer aus auf die Terrasse und atmete tief durch. Was für eine herrliche Luft! Es war noch immer kalt und roch fast nach Schnee, obwohl der Himmel sternenklar war. Tessa suchte nach ihr bekannten Sternbildern und rauchte genüsslich die Zigarette. Es war schön, mal einen Moment für sich zu sein, bei sich. Die Verlobung gerade hätte sie nun wirklich nicht gebraucht, aber sie konnte auch nicht erwarten, dass Maren und Ben ihretwegen darauf verzichteten. Sie hatten sicher alles von langer Hand geplant. Garantiert hatten sie auch schon eine edle Location für die Hochzeit reserviert und waren dabei, alles vorzubereiten: die eleganten Einladungen, die Gästeliste, die Bestimmung der Trauzeugen, die Hochzeitsreise, was halt alles dazugehörte. Und sie würden sicher einen Haufen Geld für diese Inszenierung ausgeben, warum auch nicht?

Tessas Smartphone piepte, sie sah, dass Ole ihr eine Videodatei geschickt hatte. Neugierig öffnete sie sie. Die warnenden Worte von Nadja waren im weihnachtlichen Trubel verblasst.

Ole saß da mit einer schiefen Weihnachtsmütze auf dem Kopf, die nicht blinkte, und hatte sich darunter eine Elvis-Tolle gestylt. In köstlichem Elvis-Deutsch sang er »Oh Tannenbaum« und begleitete sich dabei auf seiner Gitarre. Er machte den legendären Sänger so perfekt nach, dass Tessa laut lachen musste. Ole konnte so witzig sein, er hätte eine Karriere als Comedian machen sollen. Nach zwei Strophen brach er ab und sagte in die Kamera: »Frohe Weihnachten, Tessa. Ich hoffe, ihr habt es schön.«

Vermutlich hatte Ole sich kurzfristig bei seiner Schwester in Hamburg eingeladen und feierte dort mit. Seine Eltern hatten sich scheiden lassen, als Ole neun oder zehn gewesen war. Ole hatte ihr mal erzählt, wie grauenvoll Weihnachten für ihn nach der Scheidung gewesen war, das schlechte Gewissen, egal, bei wem man feierte, den anderen immer allein zu lassen. Schon in den Wochen vor Heiligabend bekam er immer Magenkrämpfe, wenn er sich entscheiden musste, bei wem er feiern wollte, ob bei der Mutter oder beim Vater. Kein Wunder, dass jemand mit dieser Geschichte ein gespaltenes Verhältnis zum Fest der Liebe hatte.

Oles Vater hatte dann ein paar Jahre nach der Scheidung in Süddeutschland eine neue Familie gegründet. Ole hatte keinen besonders guten Draht zu ihm, vor allem konnte er mit der neuen Frau nichts anfangen. Und Oles Mutter war vor drei Jahren an Krebs gestorben. Tessa hatte versucht, ihm in dieser schweren Zeit so gut wie möglich beizustehen.

Sie zögerte einen Moment, dann schickte sie ihm das Foto vom Tannenbaum mit den vollen Bierflaschen dran.

Seine Antwort kam prompt: »Cool! Komme vorbei!«

Ede trat auf die Terrasse, rieb sich die Hände und sagte: »Ah, tut gut, die frische Luft.« Er legte liebevoll den Arm um Tessa, zog sie zu sich heran: »Na, Schwägerin, das mit der Verlobung war jetzt nicht besonders sensibel. Aber mach dir nichts daraus, das Heiraten und die Ehe im Allgemeinen werden kolossal überschätzt.« Er nahm den Arm wieder runter und zündete sich ebenfalls eine Zigarette an. »Ist alles nicht so toll, wie man sich immer einbildet. Und es ist auch gar nicht so leicht, die Liebe über all die Jahre aufrechtzuerhalten.«

Er inhalierte tief, und Tessa sagte einfach nichts. Sie wusste ja, dass er gerade von sich selbst sprach.

»Aber dass du Ole abgeschossen hast, das ist goldrichtig gewesen, und weißt du, woher ich das weiß? Als wir vor ein paar Jahren mit ihm Weihnachten gefeiert haben, haben wir doch mal Mensch-ärgere-dich-Nicht gespielt, weil es so geregnet hat, erinnerst du dich?«

Tessa nickte. Es war der Tiefpunkt der Weihnachtstage gewesen, Ole hatte miserable Laune gehabt.

»Und da habe ich mitbekommen, dass er geschummelt hat. Er hat sein Hütchen immer wieder klammheimlich um ein, zwei Felder weiter vorgezogen, als er gewürfelt hatte. Da habe ich mir schon damals gedacht: Hm, einer, der schon beim Spielen betrügt, der nimmt es auch sonst mit der Wahrheit nicht so genau.«

Tessa blickte ihren Schwager an, der es gut mit ihr meinte, das spürte sie, und der sie im Grunde seines Herzens gernhatte. Und Tessa mochte Ede, selbst seine blöden Sprüche ab und zu. Er war ein feiner Kerl, und es tat ihr leid, dass er und Susanne momentan offensichtlich eine Krise hatten.

Tessa machte ihr Handy aus, wirkte entschieden. Dann drückten beide ihre Zigaretten aus im Aschenbecher, der hier draußen immer stand, und gingen wieder rein.

Elke war gerade dabei, sich zu verabschieden, und Stella war auf dem Sofa mit dem Kopf auf dem Schoß ihrer Oma eingeschlafen. Hella und Willy Gutzeit saßen einträchtig nebeneinander und tranken noch einen Schluck Champagner, während Susanne und Maren in der Küche angefangen hatten, das gute Geschirr per Hand abzuwaschen. Tessa wollte helfen, doch als sie in den Flur trat, hörte sie durch die halb geöffnete Küchentür, wie Susanne Maren gerade fragte: »Willst du nicht Tessa als Trauzeugin nehmen? Das wäre doch eine nette Geste.«

»Ganz schlechtes Karma«, hörte Tessa Maren. »Ich nehm doch keinen Single. Außerdem ist sie eine Chaotin, meine Hochzeit wird aber perfekt organisiert sein.«

Tessa fühlte sich so, als wenn sie auf eine Zitronenscheibe gebissen hätte. Sie wollte schon wieder ins Wohnzimmer zurück, doch dann überlegte sie es sich anders und betrat mit einem entschlossenen Gesichtsausdruck die Küche.

»Maren, keine Sorge: Das Letzte, worauf ein Single Lust hat, ist Trauzeugin bei einer perfekten Yuppiehochzeit zu sein. Und ja, du hast recht: Aus der Perspektive einer stets hundertfünfzigprozentigen Streberin bin ich natürlich eine Chaotin. Aber eines frage ich mich schon: Warum reden wir immer hinter unserem Rücken übereinander? Warum sagen wir uns die Wahrheit nicht mal direkt ins Gesicht?«

Tessa ging zum Küchenschrank, in dem die Schnapsflaschen standen, und holte eine Flasche sowie drei Schnapsgläser heraus. Susanne hatte soeben die letzten Teller abgetrocknet und auf ein Tablett gestellt. Die Küche war wieder ordentlich, und die drei setzten sich um den Küchentisch.

»Ach, einen Absacker kann ich jetzt gut gebrauchen«, sagte Susanne.

»Also gut. Pro Runde eine Wahrheit!«, sagte Tessa und schenkte die Gläser voll.

Maren musste schlucken, mochte sich aber der Herausforderung nicht entziehen. »Okay, aber für mich nur halb voll!«

»Sonst machst du doch auch nie halbe Sachen ... Gut, ich fange an und zeige euch, wie das Spiel geht. Was ich an euch hasse: an dir, Maren, dass du dich darüber mokierst, wenn Papa fragt, ob *win-win* von Windows kommt. An dir, Susanne, dass du uns immer noch ein bisschen vorwirfst, dass wir hier weggegangen sind.«

»Aber das stimmt doch gar nicht«, widersprach Susanne.

Tessa kippte ihren Schnaps auf ex, schenkte sich nach und zeigte auf Maren. »Jetzt du.«

»An dir, Tessa, hasse ich, dass du dein Leben nicht auf die Reihe kriegst und deine Zeit vertrödelst, auch bei deinem Job. Und an dir, Susanne, dass du immer das anziehst, was hier bei Sievers im Schaufenster hängt, ob es dir steht oder nicht.« Maren kippte ihren

Schnaps ebenfalls runter, beide Schwestern guckten sie beleidigt an.

Susanne trank erst ihren Schnaps, schüttelte sich und zeigte auf Tessa. »An dir hasse ich, dass du mir jedes Jahr Modeschmuck von so einer Designerin aus Berlin schenkst, so originell, dass ich ihn hier niemals tragen kann und auch bei eBay nicht verkauft kriege.«

Tessa war ganz verdattert, sie fand den Schmuck immer wunderschön.

»Und an dir, Maren, hasse ich dieses ewige Zähneputzen. Mit deinen Zähnen willst du uns allen doch nur zeigen, dass du was Besseres bist!«

Tessa machte eine abwiegelnde Handbewegung.

»Okay, Mädels, das war jetzt eine harte erste Runde im Ring. Jetzt wird es noch härter. Jetzt erzählt jede was von sich selbst, etwas, das ihr sehr peinlich ist und das sie normalerweise nicht unbedingt ihren Schwestern erzählen würde. Wer fängt an?«

Tessa schenkte alle Schnapsgläser wieder voll, und Maren kippte ihren Schnaps runter, vermutlich um die Sache schnell hinter sich zu bringen. »Ich habe neulich einen Locher aus der Firma mitgenommen. Fragt mich nicht, warum, wir haben zu Hause selbst einen, aber ich hatte irgendwie das starke Bedürfnis, mal was aus der Firma mitgehen zu lassen.«

Tessa pfiff anerkennend durch die Zähne.

Susanne fragte entsetzt: »Du hast geklaut? Maren! Mein Gott, sowas kann dich deinen Job kosten!«

Susanne betrachtete ihren Schnaps, zögerte. »Ihr sagt es auch wirklich nicht weiter?«

»Ehrenwort. Das hier bleibt alles unter uns«, beruhigte Tessa sie.

»Wir haben beim Zumba in meinem Fitnessstudio einen neuen Trainer, wirklich ein süßes Schnittchen, zum Vernaschen! Neulich habe ich mir beim Training vorgestellt, ich treibe es mit ihm unter der Dusche, das volle Programm …« Sie lief rot an und stürzte ihren Schnaps hinunter.

Ihre beiden Schwestern lachten jedoch nur und waren nicht die Spur geschockt.

»Na ja, Ede und ich, wir hatten bestimmt schon monatelang keinen Sex mehr«, fügte Susanne entschuldigend hinzu, »da ist so eine Fantasie vielleicht nicht ganz abwegig.«

Jetzt war Tessa dran. Maren und Susanne blickten sie gespannt an.

»Vor vier Tagen hatte ich mir bei den Weihnachtseinkäufen in der Stadt noch schicke Unterwäsche besorgt. Als ich früher als üblich von der Weihnachtsfeier im Büro nach Hause kam, bin ich in den Dessous, mit Weihnachtsmütze und einem Kimono auf High Heels ins Wohnzimmer, um Ole zu überraschen. Da sitzt unsere Nachbarin in ihrer Stewardessuniform auf meinem neuen Sofa auf Ole!«

Beide Schwestern starrten sie mit offenen Mündern an. Tessa hatte mit ihrem Bekenntnis den Vogel abgeschossen.

»Was?!«, entfuhr es Susanne.

Tessa kippte ihren Schnaps hinunter. »Und Ole hatte seinen guten Anzug an. Sie spielten offensichtlich ein kleines Rollenspiel, Sex in der Businessclass oder was weiß ich. Ich kriege dieses Bild einfach nicht mehr aus dem Kopf.«

Maren schenkte alle drei Gläser noch einmal voll, und Susanne streichelte Tessas Arm. »Armer Hase, das ist ja wirklich das Schlimmste, was ich seit langem gehört habe.«

»So was kann man niemals verzeihen«, sagte Maren.

Sie stießen alle drei an und tranken die Schnäpse auf ex.

Die Stimmung in der Küche war gekippt – komplett. Große schwesterliche Solidarität, Mitgefühl und Verbundenheit lagen in der Luft. Und all die kleinen Sticheleien und Verletzungen davor waren vergeben und vergessen. Das war das Schöne an Familie: Man konnte sich einerseits sehr weh tun, weil man die wunden Punkte des anderen so gut kannte, aber man konnte sich aus demselben Grund auch wieder vertragen und einander verzeihen, eben weil man sich so gut kannte.

»Ich werde nie wieder fliegen können«, schluchzte Tessa plötzlich los. Ihre ganze weihnachtliche Contenance brach zusammen wie ein Kartenhaus, die Schnäpse zeigten ihre Wirkung.

Susanne nahm sie in den Arm und sagte entschieden, ganz große Schwester: »Kommt, ihr Lieben, hören wir für heute auf.«

15
25. Dezember

Am nächsten Morgen wurde Tessa durch ein »Klock-Klock« geweckt. Sie drehte sich im Bett um, blickte zum Fenster und sah, dass es draußen ganz sachte schneite. Schnee in Kappeln! Wann hatte sie das zuletzt erlebt? In ihrem Kopf war auch eine Art Klock-Klock, von innen schien etwas gegen die Stirn zu klopfen. Verdammt, sie hatte einen ganz schönen Kater und brauchte dringend eine Kopfschmerztablette.

Wieder machte es »Klock«, und Tessa kapierte, dass jemand Steinchen an ihr Fenster warf. Sie stand auf in ihrem neuen Pyjama-Overall mit den Rentieren drauf, von dem sie nicht wusste, wie sie in den nachts noch reingekommen war. Tessa trat ans Fenster und traute ihren Augen nicht: Da unten im Vorgarten stand im Schnee jemand im Hasenkostüm mit Plastikhasenzähnen und einem Körbchen mit bunten Eiern in der Hand. Es war niemand anderes als Ole, der ihr jetzt zuwinkte, in trauter Hasenseligkeit, als sei es das Normalste der Welt, als Hase verkleidet am ersten Weihnachtstag im verschneiten Vorgarten zu stehen.

Tessa merkte, wie sie bei diesem Anblick dahinschmolz. Wie süß war das denn? Ole war extra angereist, hatte ein Hasenkostüm aufgetrieben, um … tja, was wollte er wohl?

Er winkte ihr zu, dass sie runterkommen sollte, und sie nickte. Unten hatte Kata angeschlagen und bellte aufgeregt. Tessa hörte, wie ihr Vater sie beruhigte.

Tessa sprang aus ihrem Zimmer, die Treppe runter, stieg unten in die erstbesten Gummistiefel, die im Flur standen, griff nach ihrer Daunenjacke und zog sie über. Im Flurspiegel sah sie, dass ihre Haare abstanden, als hätte sie in eine Steckdose gegriffen. Das kam von der verfluchten Frotteebettwäsche. Tessa versuchte, die blonde Mähne mit den Händen zu bändigen, doch vergeblich. Dann wollte sie mit Spucke wenigstens die verlaufene Wimperntusche wegmachen, denn sie hatte es in der Nacht nicht mehr geschafft, sich noch abzuschminken, aber auch das gelang nicht wirklich. Währenddessen hörte sie Stimmen aus der Küche, Satzfetzen wie: »Kann ja wohl nicht wahr sein!« und: »Steht der da im Hasenkostüm im Garten!«

Dann stürmte sie raus zu Ole. Elke nebenan klebte förmlich am Fenster, und als Tessa neben Ole auftauchte, sah sie auch ihre Eltern, Maren und Ben am Küchenfenster, die Kaffeebecher in der Hand. Sogar die Nachbarskinder von gegenüber, die gerade dabei waren, im Vorgarten aus dem spärlich gefallenen Schnee einen Schneezwerg zu bauen, riefen aufgeregt Richtung Haus: »Mama, guck mal! Da steht ein Osterhase zu Weihnachten im Garten! Echt, keine Verkackeierung!«

Sie starrten amüsiert und neugierig rüber, und Ole ließ es sich nicht nehmen, ihnen kurz zuzuwinken, als sei er die Queen im Hasenkostüm, was sie mit quiekendem Kinderlachen beantworteten.

Er sah Tessa liebevoll an mit seinen braunen Augen, ein Blick, bei dem sie schon immer schwach geworden war und ihm noch nie einen Wunsch hatte abschlagen können. Sie war auf einmal so voller Liebe für ihn, als wäre all das nicht geschehen, was geschehen war.

Plötzlich ertönte »Oh, du Fröhliche«, und Ole starrte auf den Gartenzwerg hinter Tessa. Ihr Vater stand mit seiner Fernbedienung grinsend am Fenster, machte aber nach einer Strophe wieder aus.

»Das ist ja der Hammer!«, entfuhr es Ole.

»Nächstes Jahr will Papa alle Gartenzwerge dazu bringen, im Chor ›O Tannenbaum‹ zu singen, das ist der Plan«, sagte Tessa.

»Tessa, können wir irgendwo reden?«, fragte Ole, und sie nickte, sah sich um und winkte ihn Richtung Schuppen, damit sie aus dem Blickfeld der anderen verschwanden. Außerdem war es kalt hier draußen, und Ole bibberte. Ein Hasenkostüm war eben kein Bärenfell.

Sie betraten den Schuppen, in dem der Vater in einer Ecke seine Werkbank hatte und in dem ansonsten noch ein paar nagelneue Kloschüsseln und Waschbecken herumstanden, auch ein Bidet. Ole setzte sich auf eine altrosa Kloschüssel, die in Kappeln anscheinend niemand haben wollte, und Tessa auf eine weiße ihm gegenüber.

»Tolles Kostüm, steht dir«, sagte sie.

Ole zeigte auf ihren Pyjama. »Toller Pyjama. Zu Weihnachten?«

Sie mussten lachen. Ole hatte die Hasenzähne inzwischen rausgenommen.

»Du hast eine ganz schöne Fahne. Habt ihr den Tannenbaum leer getrunken?«, fragte er, doch dann räusperte er sich und setzte an zu einer Hasenansprache.

»Tessa Gutzeit, ich bin gekommen, um dir hier, auf dieser etwas unbequemen altrosa Kloschüssel, zu sagen, dass ich dich von ganzem Herzen liebe und nur dich! Und dass ich der größte Idiot im Universum war. Ich möchte mich aufrichtig bei dir entschuldigen.« Er hob seine Hand zum Schwur. »Ich schwöre, nein, ich gebe mein Ehrenwort, dass ich dich nie wieder betrügen werde. Wozu auch? Welche Frau könnte sexier sein als du, selbst in Angoraunterhosen und sagenhaften Pyjamas, wo auch immer deine Mutter die so auftreibt?« Er sah sie an wie ein tieftrauriger Osterhase. »Tessa Gutzeit, kannst du mir noch ein Mal verzeihen?«

Tessa war hin- und hergerissen. Und all das hier auf nüchternen Magen, ohne einen Kaffee getrunken zu haben, mit diesem Nachdurst und diesen Kopfschmerzen! »Ich weiß nicht«, antwortete sie, »ich werde dieses Bild einfach nicht los, ihr beide da auf dem Sofa ...«

Ole holte aus dem Körbchen ein rotes Plastikei, überreichte es Tessa feierlich und sagte mit Papa-Hase-Stimme:»Hasi-Darling, nimm das als Zeichen meiner aufrichtigen Reue, meiner ewigen Treue und meiner großen Hasenherz-Liebe!«

Tessa nahm das Ei und klappte es in der Mitte auseinander. Innen drin lag auf grünem Ostergras ein auffälliger Billig-Ring mit einem Plastik-Möhrchen. Beileibe kein schöner Ring, eher hässlich und kitschig, aber auch witzig, die ironische Anspielung auf einen Ring, eben ein typischer Ole-Verlobungsring.

»Ich möchte meine Möhrchen bis ans Ende meiner Tage nur noch mit dir knabbern«, fuhr er fort und sah sie mit diesen Augen an, die wohl jeder Frau das Herz brechen würden.

Tessa fuhr sich durch die Haare, atmete tief durch. Soeben passierte das, wovon sie immer geträumt hatte: Ole machte ihr einen Antrag. Und doch war es alles ganz anders, als sie es sich vorgestellt hatte. Es war eben die Verpackung, die Inszenierung, die originell und witzig war, aber, so empfand sie es, doch unpassend. Und es war alles zu viel für sie am frühen Morgen und nach den letzten Tagen.

»Ole, es ist echt lieb, dass du das sagst, aber es kommt jetzt doch etwas überraschend. Ich muss das sacken lassen.« Sie klappte das Ei wieder zu und gab es ihm zurück.

Er schaute noch trauriger und verlorener als zuvor, mit einem Hasendackelblick, der selbst Polkappen zum Schmelzen bringen würde. Er schluckte.

»Ist das jetzt ein Jein? Ein Vielleicht?«

»Ich weiß es gerade nicht. Ich muss darüber nachdenken. Und, Ole, übrigens: Hasen feiern kein Weihnachten!«

Er stand auf und trottete bedröppelt aus dem Schuppen, wie ein Schauspieler, der soeben erfahren hatte, dass er die Rolle seines Lebens nicht bekommen würde. Tessa sah ihm nachdenklich hinterher, wie er zu seinem klapprigen Golf schlich, den er vorm Haus geparkt hatte. Auch sie war auf einmal traurig. Dann stand sie auf und ging ins Haus zurück.

Sie zog im Flur Jacke und Stiefel aus und ging in die

Küche, wo sie vier Augenpaare gespannt ansahen – eigentlich fünf, denn auch der Hund schien Tessa fragend anzugucken.

»Gibt es hier noch einen Kaffee?«, fragte sie, und ihr Vater holte sofort eine Tasse aus dem Schrank und schenkte seiner Tochter ein.

»Und dann brauche ich dringend eine Kopfschmerztablette, Mama«, jammerte sie.

Maren drehte sich um, nahm eine Tablette aus der Schublade, füllte ein Glas mit Leitungswasser und drückte Tessa beides in die Hand. »Ich hatte auch schon eine.«

»Danke«, sagte Tessa.

»Was wollte der Osterhase denn von dir, ausgerechnet am ersten Weihnachtstag?«, fragte die Mutter.

»Sich entschuldigen«, sagte Tessa nur, nahm das Glas und spülte die Tablette runter.

»Und? Hast du die Entschuldigung angenommen?«, wollte Hella Gutzeit wissen.

»Es war mir am frühen Morgen einfach zu viel … Ich glaube, Ole hat mir auch so was wie einen Antrag gemacht. Ach, das überfordert mich gerade alles.«

»Gut, dass du ihn weggeschickt hast, Tessa. Der hat dich nicht verdient«, sagte Ben, und Maren fügte hinzu: »Also, nach allem, was Ole dir angetan hat … Die Nummer verzeihe ich ihm nie. Und du auch nicht!«

»Welche Nummer denn?«, fragte Ben, aber Maren winkte ab:

»Schwesterngeheimnisse.«

Ben sah aus dem Fenster, wo Ole gerade losfuhr. »Was für eine olle Kiste der fährt. Hat die noch TÜV?«

»So«, ihre Mutter klatschte in die Hände und beendete das Gespräch, »ihr helft mir jetzt alle, im Wohnzimmer aufzuräumen. Wir müssen auch einmal durchsaugen, ehe uns Ede nachher zum Mittagessen einlädt. Das ganze Lametta auf dem Boden ist ja nicht zum Aushalten …«

16

Um halb eins trafen sie sich mit Susanne, Ede und Stella beim Italiener »Al ponte« am Hafen. Der Schnee war schon wieder weggetaut, leider. Dafür schien die Sonne am strahlend blauen Himmel. Ede lud traditionell seine Schwiegereltern und die ganze Familie am ersten Weihnachtstag zum Essen ein. Seine eigenen Eltern waren schon lange tot, und Geschwister hatte er keine. Susannes Familie war zu seiner Familie geworden. Der Besitzer des italienischen Restaurants, Francesco, war seit Ewigkeiten Klient bei Ede, schon als er nur eine kleine Eisdiele hatte, und reservierte immer den besten Tisch mit Schleiblick für »die beste Steuerberater von die Welt«.

Alle wurden mit einem großen »Ciao« und »Buon giorno, frohe Weihnachten!« begrüßt. Der Kellner, Luigi, schien von Tessa besonders angetan und zwinkerte ihr zu, und die ganze Familie bekam es mit, vor allem Stella fand das aufregend. Zu ihr waren Francesco und der Kellner natürlich auch gleich wieder besonders nett, weil Italiener ja so kinderlieb sind oder zumindest immer so tun. Stella strahlte über dem weißen Rüschenkragen ihres Kleides, das sie heute erneut anhatte. Sie liebte es, wenn sie alle zusammen zu Francesco gingen und sie den Pinocchio-Teller bestellen durfte, den sie hier immer bestellte, egal, was es noch so alles auf der Karte gab. Francesco witzelte schon, dass er ihn bald in »Stella-Teller« umbenennen werde. Alle hatten sich wieder fein gemacht, der Vater, Ede und Ben trugen einen Anzug und Schlips, die Mutter trug einen Blazer über einer weißen Bluse, Maren ihr Twinset und Tessa ihren himbeerroten Mohairpulli zum Samtcordrock. Das Restaurant war gut besucht, offensichtlich gingen viele Kappler Familien am ersten Weihnachtstag essen und ersparten sich das Kochen. Es gab noch ein Hinterzimmer, das auch schon ordentlich gefüllt war. Sie gaben ihre Bestellung auf, und Luigi, der Kellner, brachte ein Tablett mit sieben Gläsern Prosecco und einer Cola für Stella. Sie stießen an.

»Danke für die Einladung, Ede!«, sagte Willy Gutzeit stellvertretend für die anderen, und Ede antwortete wie jedes Jahr:

»Klar, ist doch Tradition!«

Susanne lächelte, sie sah in ihrem dunkelblauen Hosenanzug heute aus wie eine Businessfrau. Doch sie wirkte angespannt und kam Tessa vor wie eine Bankangestellte, die gleich einem Kunden mitteilen musste, dass sein Kredit nicht verlängert wurde. Und Susanne rückte auch gleich damit heraus, was sie auf dem Herzen hatte.

Als eine Gesprächspause eintrat, räusperte sie sich und setzte dann an: »Wo wir, selten genug, alle zusammen sind, sollten wir vor dem Essen vielleicht mal das Thema Patientenverfügung für Mama und Papa ansprechen.«

»Aber Suse, das ist doch kein Thema für Weihnachten!«, sagte die Mutter prompt.

»Wann dann, Mama? Zu Marens und Bens Hochzeit bestimmt auch nicht, und sonst sind wir selten mal alle zusammen, um das zu besprechen.«

»Susanne, was genau hast du denn auf deiner Agenda?«, fragte Maren, als wäre sie in einem Meeting ihrer Beraterfirma.

Tessa staunte: Beide Schwestern hatten auf einmal einen ihrer Profession entsprechenden Gesichtsausdruck angenommen. Die weihnachtliche Feiertagsstimmung war jedenfalls im Eimer. Tessa sah, wie ihr Vater rot anlief und wütend Susanne anguckte, die ihm gegenübersaß. Wenn Blicke töten könnten, wäre Susanne sofort vom Stuhl gekippt.

»Was ist eine Patientenvergütung?«, fragte Stella ihren Papa.

Ede lächelte milde. »Patientenverfügung, Schatz. – Pscht, lass Mama mal.«

»Ich will«, sagte Susanne entschieden, »wissen, was Mama und Papa wollen, wenn ihnen was passiert. Und ich will, dass sie es aufschreiben, und zwar rechtsgültig, und ich will, dass sie die Patientenverfügung dann jemandem geben. Papa ist fünfundsiebzig, Mama bald siebzig. Mama hat es ja auch am Herzen, und ich bin hier in der Nähe, mich betrifft es dann. Ich muss dann Entscheidungen treffen, vielleicht auch schnell, ihr beide seid ja weit weg.«

Da war er wieder, dieser latente Vorwurf, dass andere gegangen waren und alles an ihr hängenblieb.

Willy Gutzeits Gesichtsfarbe hatte sich jetzt in ein ungutes Weiß verwandelt. Tessa hatte mal irgendwo gelesen, dass die weiße Wut am gefährlichsten war. Die Arme vor der Brust verschränkt, fauchte er über den Tisch: »Also, eines weiß ich ganz sicher: *Dir* gebe ich die garantiert nicht!«

Susanne betrachtete fassungslos ihren Vater, ihre Augen füllten sich mit Tränen.

Die Mutter streichelte die Hand ihres Mannes und mahnte leise: »Willy, bitte!«

»Ist doch wahr!«, sagte der Vater bockig.

Alle am Tisch guckten betreten und wussten nicht recht, wie sie die Situation jetzt noch retten konnten.

Susanne stieß ihren Stuhl zurück, stand auf und rauschte mit ihrer Handtasche in Richtung Toiletten.

Am Tisch herrschte bedrücktes Schweigen.

Tessa sah ihren Vater an. »Papa, Susanne meint es doch nur gut, und was du eben gesagt hast, war nicht nett.«

»Nett – pöh. Deine große Schwester behandelt mich auch nicht nett, sondern wie einen Volltrottel, als wenn ich schon ganz tüdelig wäre. Ihr wisst gar nicht, wie weh das tut!«

Jetzt sahen ihn alle betroffen an, auch Stella blickte mit großen Augen zu ihrem Opa.

Maren drückte ihren Rücken durch, und Stimme und Gesichtsausdruck hatten etwas von einer Erfolgsfrau, die es gewohnt war, den Ton anzugeben und zu schlichten: »Aber Susanne hat natürlich recht mit dem, was sie gesagt hat. Wir müssen das im neuen Jahr mal proaktiv angehen. Heute ist dafür allerdings ein schlechter Zeitpunkt.«

»Meine Eltern haben das auch schon gemacht«, fügte Ben hinzu. »Ist gar nicht so einfach, so ein Ding auszufüllen. Am besten, ihr macht das gleich beim Rechtsanwalt.«

Wie es sich für ein gutes Restaurant gehört, brachte der Kellner just in diesem Moment das Essen. Auch Susanne kam von der Toilette zurück, setzte sich wieder und begann schmallippig, ihre gegrillte Dorade zu essen.

»Wusstet ihr, dass ein Mensch dreiundzwanzig Jahre seines Lebens mit Schlafen verbringt?«, fragte Stella unvermittelt in die Runde.

Alle blickten zu der Kleinen, die sich freudig auf ihren Pinocchioteller stürzte, was sie aber nicht davon abhielt, weiterzureden.

»Und sechs Monate auf der Toilette sitzt?«

»Stella, bitte«, mahnte Ede, »wir sind beim Essen!«

Tessa musste über ihre Nichte lachen. Was für ein köstliches Geschöpf!

»Haben Forscher rausgefunden. Rate mal, wie viele Jahre wir mit Essen verbringen, Tessa!«

»Keine Ahnung, Schätzchen.«

»Fünf Jahre! Aber bei Papa, der immer so schlingt, sind es bestimmt nur vier Jahre«, ergänzte sie, und alle mussten lachen.

Tessa hatte Appetit, da sie noch nicht gefrühstückt hatte. Sie genoss ihre Spaghetti mit Meeresfrüchten, da betraten neue Gäste das Restaurant – niemand anderes als Sven Matthiesen, gefolgt von seiner Frau und zwei Kindern, auch sie alle festlich gekleidet. Sven trug einen Anzug, der ihm ausgesprochen gut stand. Von wegen Pummelchen im Pullunder: Er war jetzt ein stattlicher, gut gebauter und schick gekleideter Mann geworden.

Sie wurden von Francesco ebenso herzlich mit einem »Buon Natale, Signora e Signore Matthiesen!« begrüßt, und den Kindern wurde der Kopf getätschelt. Es waren niedliche Kinder. Die Tochter hatte Tessa ja schon am Vortag gesehen, jetzt stand noch ein Sohn dabei, vielleicht vier Jahre alt, der Sven wie aus dem Gesicht geschnitten war. Genau dieselben Augen und Lippen und so ein köstliches verschmitztes Grinsen. Ein Knuddeljunge. Tessa musste an die Einschulung denken und wie Sven damals seine Schultüte, aus der so viele Süßigkeiten ragten wie bei keinem anderen Kind, umarmte wie eine Geliebte. Da war er schon pummelig gewesen, und an der Schultüte war unschwer zu erkennen gewesen, woran es lag und wer schuld war.

Svens Frau und die Kinder folgten dem Kellner in das Hinterzimmer. Sven blieb kurz am Tisch der Familie stehen und grüßte freundlich in die Runde: »Frohe Weihnachten allerseits!«

»Frohe Weihnachten, Sven!« Tessa lächelte ihm zu, und er schien ihren Blick zu suchen, lächelte zurück. Sie wusste auch nicht, wieso, aber ihr wurde ganz warm bei diesem Lächeln. Ihr alter Klassenkamerad Sven.

»Na, habt ihr es gestern nett gehabt?«, fragte er.

Alle nickten.

»Und morgen hauen wir die Geltinger vom Platz!«, sagte Ede grinsend.

»Punkt zwölf ist Anpfiff, weißt du ja«, sagte Willy Gutzeit.

»Geht klar, Willy. Dann man noch guten Appetit allerseits!« Sven nickte in die Runde und ging in den Nebenraum zu seiner Familie.

Tessa versuchte, sich im Stuhl so rüberzulehnen, dass sie unauffällig nach nebenan gucken konnte, doch das ging nicht. Was für eine nette kleine Familie! Svens Frau war hübsch, sah sehr nordisch aus, hellblond, helle Haut, mit eisblauen, sehr auffälligen Augen. Wie Björk in blond. Gut gelaunt oder fröhlich wirkte sie allerdings nicht, aber gut, Tessa hatte sie ja nur kurz gesehen.

Tja, was aus den dicken, kleinen Jungs aus der letzten Reihe so wurde … Stattliche Familienväter mit attraktiven Ehefrauen und goldigen Kindern. Sie und Ole hätten auch hübsche Kinder bekommen, davon war Tessa immer überzeugt gewesen.

Sie aß weiter, trank einen großen Schluck Weißwein, der inzwischen in kleinen Karaffen auf dem Tisch stand. Die Ole-Sache vom Morgen saß ihr noch ganz schön in den Knochen, aber sie hatte beschlossen, alles erst mal sacken zu lassen. Es in Ruhe zu bedenken. Wenn Nadja wüsste, was passiert war! Dass Tessa schwach geworden war im milden Licht des Heiligen Abends und Ole ein Foto vom Tannenbaum geschickt hatte. Mehr hatte sie ja nicht getan, aber das war für ihn das Zeichen gewesen, dass sie sich wieder für ihn öffnete. Sie hatte ihn nicht länger ignoriert, wie die Tage zuvor und wie Nadja es ihr dringend geraten hatte. Aber gab es zwischen Nord- und Südkorea nicht auch gelegentliche Phasen der Annäherung und Tauwetter? Tessa musste schmunzeln. Wo hatte Ole zu Weihnachten um Himmels willen ein Hasenkostüm aufgetrieben? Da fiel ihr ein, dass seine Schwester in Hamburg Bekannte am Theater hatte und eine Freundin von ihr den Fundus betreute. Da konnte er es herhaben.

Der Kellner kam und räumte die Teller ab, dabei flirtete er wieder mit Tessa, die es aber nicht mitbekam. Sie musste an jemand ganz anderen denken, der sich so toll gemausert hatte und nicht weit entfernt saß und leider – wie alle guten Männer – verheiratet und vergeben war. Einen Mann wie Sven Matthiesen, solide, nett, fürsorglich, so jemanden sollte sie sich suchen. Tessa spürte, dass sie Ole nicht mehr traute, obwohl sie weiß Gott nicht die erste Frau auf dem Planeten war, die von ihrem Mann betrogen worden war. Auch andere Frauen hatten ihren Männern einen Seitensprung verziehen und waren wieder glücklich mit ihnen geworden.

Auf einen Nachtisch verzichteten alle bis auf Stella, die wie immer Tiramisu nahm. Die Erwachsenen bestellten einen Espresso und Ede die Rechnung, und Francesco bot allen noch einen Sambuca hinterher an, aber bis auf Ede wollte niemand. Und dann sagte Francesco noch zu Willy Gutzeit: »Signore Gutzeit, will ich noch gern spenden für die Flüchtelinge. Finde ich großartig, wie Sie sich kümmern!«

Er wollte an die Kasse gehen und Bargeld herausholen, doch Willy Gutzeit winkte ab:

»Ist sehr nett und können wir gut gebrauchen, aber das muss überwiesen werden an die Diakonie.«

»Lass dir eine Spendenbescheinigung ausstellen«, sagte Ede noch, und dann verabschiedeten sie sich mit viel »Ciao« und »Arrivederci« alle voneinander, als wäre die Menschheit eine große italienische Familie.

17

Nach Hause zurückgekehrt, legte Tessa sich ein bisschen aufs Ohr und schlief den Schlaf der Gerechten. Früher hatte ihre Mutter immer gesagt, das sei die Schleswig-Holstein-Krankheit: »Immer hungrig, immer müde.« Als sie wieder aufgewacht war, machte sich Tessa in der Küche einen Tee und nahm ihn mit hoch auf ihr Zimmer. Sie stellte ihn neben das Bett auf den Nachttisch und griff, während es draußen schon wieder dämmerte und sie das Licht anmachen musste, doch mal nach Marens Buch. Sie hatte sich ein Kissen in den Rücken gelegt, es war gemütlich, und sie war bereit, dem Buch eine Chance zu geben. Vielleicht stand ja doch was Brauchbares drin. Sie blätterte rein, las mal hier, mal da, blieb im Kapitel »Der ewig Falsche« hängen.

»Wenn Sie immer wieder an den falschen Typen geraten, dann müssen Sie sich ernsthaft fragen: Was will ich nicht sehen? Denn der falsche Mann, der Mann, der sich nicht binden will und mag, ist garantiert die beste Empfängnisverhütung. So werden Sie niemals die Kinder bekommen, die Sie sich doch so sehr wünschen! Ihr Kinderwunsch ist nicht falsch, sondern der Mann, den Sie aussuchen, und der davor war es auch schon, und der davor – und der nächste?«

Tessa musste tief durchatmen. Sie wusste genau, warum sie Ratgeberbücher hasste. Schon allein diese allwissende, überhebliche Sprache von Menschen, die meinten, sie hätten die volle Peilung im Leben und wären in der Lage, anderen etwas mitzugeben auf dem Weg. Und gleichzeitig spürte sie, dass das Buch einen wunden Punkt traf und die Wahrheit sagte. Vielleicht oder gerade deswegen wurde sie wütend. Tessa dachte, es wäre die Wut auf das Buch, aber es war eine große Wut auf sich selbst. Und Tessa tat etwas, was ganz und gar nicht ihre Art war: Sie stand auf, öffnete das Fenster und pfefferte das Buch runter in den Vorgarten. Dann schloss sie das Fenster wieder und atmete tief durch. Es war ein Befreiungsschlag oder, besser gesagt, ein Befreiungswurf.

Tessa überlegte, was sie mit dem angefangenen Nachmittag anstellen konnte, und hatte auf einmal eine Idee. Sie wühlte in ihren Schreibtischschubladen und fand schnell, was sie suchte: ihren alten geliebten Aquarellmalkasten und den Block mit dem Aquarellpapier. Sogar ein paar perfekt ausgewaschene Aquarellpinsel lagen dort noch in der Pinselrolle. Sie strahlte und saß kurz darauf unten im Wohnzimmer am Esstisch, ein Glas mit Wasser vor sich, den Block, die Farben, und mischte sich die Töne. Dann begann sie, den Weihnachtsbaum abzumalen. Die Wärme des Kachelofens aus der Küche drang auch hierher, und Tessa tauchte ein, malte, während ihre Mutter auf dem Sofa strickte und ihr Vater im *Schleiboten* blätterte und seiner Frau immer wieder ein paar Sätze vorlas, die sie dann abwechselnd kommentierten.

Es war inzwischen dunkel draußen, sie hatten ein

paar Stehlampen angemacht, alle chillten auf ihre Weise im weihnachtlich geschmückten Wohnzimmer, und es war sehr gemütlich. Und dann steckte ihr Vater noch ein paar neue Kerzen an den Baum und zündete sie an, und Tessa malte weiter, malte den Schmuck, die Kerzen, das Flackern, das Leuchten. Sie versuchte, diesen speziellen Lichterglanz ins Bild zu bringen, das war eine große Herausforderung, und sie vergaß alles um sich herum. Es passierte das, was ihr früher so oft passiert war: Sie war komplett eins mit der Sache und fühlte sich vollkommen glücklich. Dass zwischendrin mal die Mutter, mal der Vater ihr über die Schulter sahen und das Bild lobten, bekam sie gar nicht richtig mit. Sie war wie in Trance.

Auf einmal standen Maren und Ben neben ihr, die mit dem Hund an der Ostsee spazieren gegangen waren und noch ganz rote Wangen hatten. Sie trugen jetzt Partnerlook, naturweiße Wollpullover mit irischem Zopfmuster. Selbst ihr Freizeitlook war immer ausgesprochen edel.

»Wow, du hast echt Talent!«, sagte Ben.

Maren lästerte: »Das sie leider total verschwendet bei ihren Hasenfilmchen.«

Aber auch ihre Schwester guckte bewundernd auf das Bild, das nun fertig war. Tessa war es gelungen, mit den ganz zarten Aquarellfarben und einem feinen Pinsel sogar die Glaskugeln mit Lichtreflexionen hinzukriegen, das war wirklich was für Fortgeschrittene.

»Kommst du mit auf den Ehemaligenball?«, fragte Maren.

»Ist das nicht ganz schön retro?«, entgegnete Tessa.

»Klar, die totale Dorfsause, aber halt Kult«, sagte ihre Schwester, und Ben fügte hinzu:

»Wir wollen unseren Tanzkurs auffrischen, für die Hochzeit.«

»Komm schon, wird dir guttun, mal unter Leute!«

»Selbst wenn ich wollte, ich habe überhaupt nichts anzuziehen«, versuchte Tessa, sich aus der Affäre zu ziehen.

»Ich leihe dir was von meinen Sachen, kein Problem.« Maren, die Bestimmerin, hatte gesprochen, und Tessa dachte sich, dass ein bisschen Ablenkung ja vielleicht nicht schaden konnte.

Gegen halb neun standen alle drei im Flur und wurden von den Eltern verabschiedet, die stolz auf ihre beiden herausgeputzten Töchter guckten. Maren trug dasselbe schwarze Kleid wie am Vorabend und Ben seinen guten Anzug, aber Tessa, die eine ganz ähnliche Figur wie ihre jüngere Schwester hatte, steckte in einem roten Kleid mit tiefem Ausschnitt und sauedlen schwarzen, in sich gemusterten Seidenstrümpfen, und da sie dieselbe Schuhgröße hatten, hatte Maren ihr auch schöne schwarze Wildlederpumps leihen können. Tessa war geschminkt, und Maren hatte ihr die Haare hochgesteckt, und da ihre kleine Schwester alles perfekt machte, hatte sie sich auch bei Tessas Frisur viel Mühe gegeben.

»Siehst super aus, Schwägerin!« Ben schien ehrlich beeindruckt von Tessas Verwandlung.

Maren zupfte schnell noch Tessas Frisur etwas zurecht und sagte dabei: »Ja, so gefällt mir meine Schwester! Du, zu unserer Hochzeit werden wir dir einen rasend gutaussehenden Single als Tischherrn organisieren. Ich habe da schon einen im Visier. Ken, Banker in London. Erfolgreich, wohlhabend und nett.«

»Maren, nun lass doch mal«, sagte Ben. »So, wie Tessa aussieht, wird sie schon heute Abend ihren Traummann finden.«

»Pass bloß gut auf die Strümpfe auf, die haben ein Vermögen gekostet«, mahnte Maren noch, und dann gaben sie ihren Eltern einen Luftkuss, damit der Lippenstift nicht verschmierte, und Hella und Willy Gutzeit winkten ihnen hinterher, als sie zu Bens Auto gingen und losfuhren. Tessa fand, es war ein schöner Anblick, wie die Eltern da in der Haustür standen, der Vater den Arm um die Schulter der Mutter gelegt, und ihren erwachsenen Töchtern hinterherwinkten.

18

Der Ehemaligenball fand seit Jahren im alten Dorfgasthof Thomsen ein paar Kilometer außerhalb Kappelns, Richtung Karby, statt. Der Parkplatz war bereits ziemlich voll, und Ben ergatterte einen der letzten Plätze. An der Landstraße hatten auch viele geparkt. Als sie ausstiegen, sahen sie schon lauter beschlagene Fensterscheiben und hörten gedämpfte Musik.

Der Laden war bereits brechend voll, da auch die Oberstufenschüler von Tessas altem Gymnasium zum Ehemaligenball eingeladen waren. Insgesamt waren es vielleicht drei-, vierhundert Feierwütige, die es herrlich fanden, am ersten Weihnachtsfeiertag ausbrechen zu dürfen aus all dem Familiengedöns. Tessa stellte auf einmal fest, dass sie ewig nicht mehr so richtig feiern war, dass sie und Ole ganz schön bequem geworden waren, zu richtigen Couch-Potatoes, die stundenlang abends US-Serien guckten. Sie trafen zwar ab und zu Freunde, man ging essen oder kochte gemeinsam, aber so richtig tanzen, abfeiern, das hatten sie in Berlin lange nicht mehr gemacht. Sie wusste selber nicht so recht, warum und wie das so gekommen war.

Ben nahm Maren und Tessa ihre Mäntel ab und brachte sie zur Garderobe, dann betraten sie den Festsaal, in dem die Combo auf einer Bühne spielte. Es wurde bereits wild getanzt, und Tessa staunte nicht schlecht, als sie Sven Matthiesen an der Trompete sah, der gerade sein Bestes gab, um den Leuten einzuheizen. Mit einem Sänger und Gitarristen, einem Schlagzeuger und einem Mann am Keyboard bildete er die »Rainbow Company«, wie auf dem Schlagzeug stand. Alle vier Musiker trugen silberfarbene Paillettensakkos, mit denen sie auch in einem Schuppen in Berlin-Mitte oder -Friedrichshain hätten auftreten können. Das hier war so retro, dass es schon wieder cool war. Jedenfalls herrschte eine Superstimmung, und es war ein ziemliches Kontrastprogramm zur gemütlichen Ruhe vorhin im Wohnzimmer.

Prompt kam jemand kreischend auf Tessa zugestürmt, es war Julia Müller, eine ehemalige Mitschülerin: »Tessa, ich fasse es nicht! Du siehst supertoll aus. Was machst du? Man sagt, du bist beim Fernsehen!«

Beide Frauen traten etwas beiseite in den ruhigeren Barvorraum, um sich besser zu verstehen. Maren und Ben hatten sich gleich auf die Tanzfläche begeben.

»Nee, nicht direkt, ich betreue nur eine Zeichentrickserie fürs Fernsehen. ›Familie Hase‹. Familie Hase feiert Weihnachten, ist nie krank, hat keine Geldprobleme, trinkt keinen Alkohol, raucht nicht und keiner hat ein Handy. Und es werden immer nur gesunde Möhrchen gegessen!«

»›Familie Hase‹? Das gucken meine Kinder immer.«

»Und? Finden sie sie nicht landeiermäßig und langweilig?«

Julia guckte plötzlich säuerlich und schien gar nicht mehr begeistert, Tessa zu sehen.

»Nein, das finden sie nicht, und das habe immer

noch *ich* zu bestimmen. Ich will doch nicht, dass meine Kinder all das perverse Zeug im Fernsehen sehen und hinterher Albträume kriegen. Meine Kinder sollen in einer geordneten Welt aufwachsen – wie bei ›Familie Hase‹.«

»Na ja, war nett, Julia. Ich hol mir mal was zu trinken.«

Tessa ging an die Bar und bestellte sich ein Glas Sekt. Sie sah ihren Schwager Ede am anderen Ende stehen und mit einer ehemaligen Mitschülerin herumflachsen. Er schien gerade einen Witz zu erzählen, wirkte wie der charmante Unterhalter, der er früher immer gewesen war. Da haute jemand Tessa von hinten auf die Schulter, sodass sie das halbe Glass Sekt verschüttete, das sie in Händen hielt, zum Glück nicht auf Marens Kleid. Sie drehte sich um und sah in das Gesicht von Ralf Behrendsen, dem Mathe-Ass aus ihrem Jahrgang. Er machte jetzt ganz erfolgreich was mit IT, das hatte ihr ihre Mutter mal erzählt.

»Tessa, was geht ab? Mensch, dich hat man ja ewig nicht gesehen. In Hollywood Karriere gemacht? Du bist doch Schauspielerin beim Film, oder?«

Tessa musste tief durchatmen, hier wurde wirklich alles verwechselt bei diesen Landeiern!

»Nicht direkt«, sagte Tessa daher nur.

»Hättest aber absolut das Aussehen und die Ausstrahlung dafür.«

Tessa strahlte. War doch egal, dass hier alle alles durcheinanderbrachten. Die Bewunderung jedenfalls war Champagner für ihre Seele. »Oh, danke. Und was machst du, Ralf?«

»Was ich will. Bin glücklich geschieden. Endlich wieder Ballerspiele, Fußballglotzen mit Freunden, Ausgehen und Saufen ohne Ende. Das ist so geil!«

Tessa musste schmunzeln. So begeistert hatte sie noch nie jemanden die Vorzüge einer Scheidung schildern gehört.

»Rate mal, wen ich neulich beim Partymachen auf Sylt zufällig in einer kleinen Bar in Westerland getroffen habe? Dirkchen Hansen, Händchen haltend mit einem anderen Mann!«

»Echt?«

»Tja«, sagte Ralf, »scheint ein Doppelleben zu führen. Hier in Kappeln macht er ja immer einen auf Junggeselle, der noch auf der Suche nach der Richtigen ist. Und du? Bist du verheiratet? – Ich wette mal, nicht!«

Tessa war irritiert, fragte dann aber: »Ach so, weil ich keinen Ehering trage?«

»Ich weiß nicht … Ehrlich gesagt, warst du immer schon ein bisschen anders als die anderen. Wie du dich gekleidet hast, deine Typen, dieses ewige Zeichnen. Du warst mehr so der Typ Künstlerin. Die ganz normale Nummer würde irgendwie nicht zu dir passen.«

»Kinder kannst du dir bei mir auch nicht vorstellen?«

»Doch, schon. Aber wie soll das gehen mit deiner Karriere als Schauspielerin? Meine Frau, die ist nach den Geburten dermaßen in die Breite gegangen, da hätte man ein Körperdouble gebraucht beim Sex.«

Er lachte laut, und Tessa merkte, dass sie jetzt dringend hier wegmusste.

»Lässt du dich denn bei Sexszenen doubeln?«, wollte Ralf noch wissen, doch Tessa antwortete nur:

»Ich muss mal meine Schwester suchen.«

»Alles klar, schick 'ne Rundmail, wenn du mal im Kino zu sehen bist!«

Tessa atmete einmal tief durch, dann begab sie sich Richtung Tanzfläche und stellte sich an den Rand. Es dauerte nicht lange, da legte ihr Susanne den Arm um die Schulter, und beide Schwestern sahen Maren und Ben zu, die gerade eine Rumba aufs Parkett legten.

»Immer alles perfekt«, sagte Susanne, und Tessa ergänzte:

»Einmal Streber, immer Streber.«

Ede hatte sich zu ihnen gestellt, und sie beobachteten zu dritt Maren und Ben im Rumbaschritt mit zig abartigen Handverzierungen. Einmal kugelte sich Ben wie ein Kreisel und umschwirrte Maren wie die Erde die Sonne. Tessa fiel ein, dass die beiden mal vor ein paar Jahren sehr intensiv Tanzen gelernt und es dabei bis in die Premiumklasse geschafft hatten.

Susanne stieß Ede an. »Komm, Schatz, lass uns auch mal wieder tanzen!«

»Doch nicht zu dieser Musik! Ich geh wieder an die Bar. Biertrinken ist meine Rumba.«

Susanne blickte Tessa an und zog entnervt die Augenbrauen hoch, da trat ein ehemaliger Mitschüler von ihr zu ihnen, Volker Janowski, der in Flensburg erfolgreich Autos verkaufte, und forderte Susanne auf. »Eine Runde tanzen?«

Susanne nickte lächelnd, und beide gingen auf die Tanzfläche. Ede war schon wieder verschwunden. Tessa sah, wie ihre große Schwester das Tanzen genoss. Susanne hatte eine ganz großartige Haltung, war sehr musikalisch und bildete mit Volker ein schönes, harmonisches Paar, das über das Parkett dahinflog. Ihre große Schwester wirkte auf einmal sehr weiblich. ›Schade, dass Ede ihre Schönheit nicht mehr sieht‹, dachte Tessa.

Die Band spielte die Schlussakkorde der Rumba, dann kündigte der Sänger eine kurze Pause an. Das Tanzpublikum applaudierte den Musikern, aus den Boxen kam jetzt Musik vom Band, und die Leute tanzten dazu weiter. Die Musiker gingen von der Bühne Richtung Bar.

Als Sven an Tessa vorbeikam, fragte er beiläufig: »Darf ich dich auf ein Bierchen einladen?«

Sie nickte und ging mit ihm zur Bar. Gerade wurde ein Barhocker frei, den Sven ihr anbot. Er bestellte zwei Bier und stellte sich neben sie, seine Kumpels verzogen sich an einen der Tische weiter hinten.

»Alle sehen, wenn ich betrunken bin, aber niemand, wenn ich Durst habe«, sagte Sven, und Tessa musste über den Spruch lachen.

Dann erhoben sie die Gläser, sahen sich in die Augen:

»Auf Weihnachten!«, sagte Sven.

»Auf Weihnachten in Kappeln!«, erwiderte Tessa, und der Klang ihrer Gläser beim Anstoßen war vielversprechend.

Sven schien durstig vom Trompetespielen, er trank sein Bier in einem Zug halb leer.

»Stell dir vor«, sagte Tessa, »ich habe vorgestern mal

wieder seit Ewigkeiten in mein altes Poesiealbum geguckt, und rate mal, wer …«

»… dir aufs letzte Blatt geschrieben hat? *Ich schreibe nun aufs letzte Blatt, weil ich Dich am liebsten hab. Und wer Dich lieber hat als ich, der schreibe bitte hinter mich.*« Er grinste sein typisches Sven-Matthiesen-Grinsen. »War mein Standardspruch, hab ich bei allen Mädchen reingeschrieben.«

Tessa spürte den Hauch einer Enttäuschung. »Lebst du von der Rainbow Company?«, lenkte sie daher vom Thema ab.

»Ja, ist ein Job, mehr nicht. Nicht schlecht bezahlt, aber anstrengend auf Dauer. Ich will lieber eine eigene Band und auch selber Songs schreiben und arrangieren. Habe da demnächst vielleicht sogar was in Aussicht, darf jedenfalls mal vorspielen.«

»Wow, das ist ja super!«

»Und du? Was machst du?«

»Tja, ich versauere bei einem Hasenanimationsfilm, kontrolliere die Synchronisation, achte auf den Jugendschutz, damit die Hasen nicht plötzlich anfangen zu kiffen oder Ecstasy zu nehmen. Ich bin seit fünf Tagen von meinem Freund getrennt, nicht verheiratet, keine Kinder, in einem Wort: ein Loser.«

Tessa nahm einen kräftigen Schluck von ihrem Bier.

»Du hast doch damals immer so toll gemalt und gezeichnet und wolltest was mit Kunst oder Grafik machen.«

»Stimmt, Grafik oder Webdesign, Zeichnen, Entwerfen, was Kreatives, das würde mir Spaß machen.«

»Dann hau rein, es ist nie zu spät, etwas zu ändern!«

Beide stießen erneut an und prosteten sich zu.

»Aber auf dem Ball hier habe ich dich lange nicht mehr gesehen«, sagte Sven.

»Mein Ex hat Weihnachten gehasst. Ich habe Heiligabend die letzten drei Jahre immer am Strand in Thailand verbracht.«

»Nicht schlecht«, sagte Sven, »aber, ehrlich gesagt, für mich wäre das nichts. Ich bin der totale Weihnachtsromantiker, ich brauche das ganze Gedöns, und ohne Tannenbaum mit Kerzen würde mir im Jahresablauf etwas Wichtiges fehlen.«

Tessa sah Sven an. Da sprach ihr jemand so was von aus der Seele! »Na ja«, sagte sie, »du hast ja auch Familie. Da feiert man eben Weihnachten. Schon der Kinder wegen.«

»Glaub mir, es gibt nichts Traurigeres als Weihnachten nach dem ersten Scheidungsjahr. Das wäre ein Grund, nach Thailand abzuhauen.«

»Du bist geschieden? Aber ihr wart doch heute zusammen beim Italiener!«

»Der Kinder wegen. Meine Ex hasst mich, Weihnachten zusammen, das geht gar nicht, aber ein kleines Mittagessen, das kriegen wir gerade so hin. Heiligabend war ich bei meiner Mutter.«

Seine Kumpels kamen und tippten ihm auf die Schulter, das Zeichen, dass es weiterging.

Sven sah Tessa an. »Bis später, Tessa. Ich hoffe, wir tanzen noch miteinander.«

Sie nickte, und die vier silbernen Sakkos zogen wieder auf die Bühne wie kleine Edelritter und ergriffen ihre Instrumente, um die Tanzmeute erneut aufzumischen.

Maren und Ben kamen auf ein Mineralwasser an die Bar, ganz gerötet und verschwitzt vom vielen Tanzen. Maren zog auch prompt ein Döschen aus ihrer Handtasche und legte Puder nach.

»Na, amüsierst du dich?«, fragte Ben.

Tessa nickte. »Gibst du mir mal meine Garderobenmarke? Ich will an die frische Luft«, sagte sie.

Ben nickte und gab sie ihr.

»Wir fahren bald nach Hause«, sagte Maren.

»Alles klar, ich bleibe noch ein bisschen.«

»Hast du Geld für ein Taxi?«, fragte ihre Schwester, und Tessa nickte.

Sie holte rasch ihren Mantel (mit den Zigaretten darin) und trat vor den Gasthof. Es war windig, und dem Geruch nach zu urteilen standen hier einige nicht nur zum Rauchen, sondern auch zum Kiffen. Tessa hatte keine Lust, sich zu unterhalten, und ging um die Ecke des Gasthofs zur Parkplatzseite, wo es windgeschützt war und sie allein war. Dachte sie.

Es war dunkel auf dem Parkplatz, doch Tessa erkannte schemenhaft ein Pärchen, das, nicht weit von ihr an einen Kombi gelehnt, herumknutschte.

›Moment mal‹, fuhr es ihr durch den Kopf, ›die Frisur und den Mantel kenne ich doch!‹

Tessa kapierte auf einmal, dass es sich um niemand anderen als ihre Schwester Susanne handelte – und Volker. Er fummelte ganz schön an ihr herum, und sie wand sich angetörnt unter seinen Berührungen, eine ganz und gar nicht brave Sparkassenangestellte.

Tessa gefiel nicht, was sie da sah. Sie wusste, dass ihre Schwester Ede liebte und er sie. Es war Susanne, die zuerst bemerkte, dass sie beobachtet wurden, und sich zu Tessa umdrehte. »Mist!«, sagte sie nur, löste sich von Volker und ordnete sich das Haar. Sie ließ ihn einfach stehen und ging auf ihre Schwester zu. Tessa legte wortlos den Arm um ihre große Schwester, die plötzlich zu schluchzen begann.

Volker hatte nur kurz verstört gerufen: »Hey, was'n los?« Als er erkannt hatte, zu wem Susanne da ging, war er einfach in seinen Kombi eingestiegen und fuhr jetzt mit laut aufheulendem Motor davon.

»Ich … ich wollte das gar nicht«, schluchzte Susanne an Tessas Schulter. »Ich weiß auch nicht, was mit mir los ist.«

Tessa strich ihrer Schwester über den Kopf. »Ich glaube, Ede und du, ihr beide braucht dringend mal wieder ein bisschen Zeit füreinander, ein schönes langes Wochenende oder eine ganze Woche nur für euch.«

»Hab ich auch schon mal gedacht«, sagte Susanne.

»Stella kann doch problemlos bei Mama und Papa bleiben, oder sie kommt zu mir nach Berlin. Ede liebt dich, Susanne! Und du weißt im Grunde auch, was du an ihm hast.«

Susanne nickte, schnäuzte sich, da hörten sie, wie Ede nach ihr rief. Susanne wischte sich mit dem Taschentuch die Tränen weg und ging mit Tessa um die Ecke des Gasthofes zurück. Am Eingang stand Ede und suchte Susanne. Er wollte mit ihr nach Hause fahren. Tessa umarmte die beiden zum Abschied und ging dann wieder rein. Sie hatte noch ein Versprechen einzulösen.

19

Drinnen schien alles auf den Höhepunkt zuzulaufen, die letzten Lieder der Band, die bereits die zweite Zugabe spielte, heizten noch mal allen ein. Dann kam der wirklich allerletzte Song, und der Sänger der Rainbow Company stellte noch mal die einzelnen Bandmitglieder vor. Jeder bekam einen Riesenapplaus. Sven zwinkerte Tessa von der Bühne aus zu, dann packte er seine Trompete ein und hängte sein Paillettensakko über eine Stuhllehne. Aus den Boxen drang jetzt Discomusik, und er forderte Tessa zum Tanzen auf.

»Darf ich bitten?«

Sie lächelte, nickte. Sven führte sie auf die Tanzfläche, als wäre sie eine Königin, und sie begannen mit Discofox, Rock 'n' Roll, Jife, schwoften herrlich bei den langsamen Liedern, machten zwischendrin immer wieder ironische Wendungen und erfanden neue Tanzformationen. Tessa hatte lange nicht mehr so einen Spaß gehabt! Sven Matthiesen, der ehemals pummelige Junge im Pullunder, der im Sportunterricht beim Wählen der Mannschaften immer als Letzter übrig geblieben war, war ein ausgebuffter Tänzer. Vor allem aber ein Mann mit Rhythmusgefühl (klar, als Musiker) und einem ausgesprochen schönen Körperempfinden, das sich beim Tanzen automatisch auf die Partnerin übertrug. Sven wusste, was er wollte. Er führte, und

Tessa folgte ihm, aber es hatte nichts von Führen und Folgen, sondern es war wie eine Bewegung. Sie tanzten vollkommen harmonisch und gaben sich ganz der Musik hin. So etwas hatte Tessa noch nie erlebt. Sven war als Tanzpartner eine Offenbarung. Aber auch er schien es zu genießen.

Es wurde zwei Uhr morgens, drei Uhr, der Raum leerte sich immer mehr, und dann hörte auch irgendwann die Musik auf. Tessa und Sven tranken noch ein Bier an der Bar und verließen den Gasthof dann mit den letzten Feiernden.

Sven bot ihr an, sie nach Hause zu bringen, und Tessa nahm dankend an. Sie steuerten auf einen alten Ford Mustang mit Fuchsschwanz an der Antenne zu. Tipptopp gepflegt. Tessa musste schmunzeln. Kein Auto hätte besser zu diesem Mann gepasst.

Sven legte sein Sakko und die Trompete auf die Rückbank und versuchte, den Motor zu starten, der sich etwas schwertat. »Für weite Strecken geht er nicht mehr, da nehme ich inzwischen lieber den Zug«, sagte er. Dann sprang der Motor doch noch an, und sie fuhren los.

»Den Wagen habe ich von meiner Oma geerbt«, erzählte Sven. »Das ist die, die auch immer meine Pullunder gestrickt hat. Weißt du, sie war fast blind, aber sie strickte ständig diese Pullunder für mich, das war ihr einziger Lebensinhalt. Da konnte ich einfach nicht anders, als sie auch anzuziehen. Das war eine Frage der Ehre, egal, was die anderen davon hielten. Meine Oma hat mich sehr geliebt, ich war ihr einziger Enkel.«

Tessa sah Sven von der Seite an. »Und wir haben uns

immer über die Pullunder lustig gemacht ... Wie gemein von uns.«

Sven machte eine wegwerfende Handbewegung. »Übrigens, Tessa, ich muss dir was beichten. Also, was das Poesiealbum angeht ... Von wegen mein Standardspruch, da habe ich vorhin ein bisschen geflunkert. Ich habe nur ein einziges Mal in meinem Leben etwas in ein bescheuertes Poesiealbum reingeschrieben, und das war deins. Weil ich dir diesen Wunsch nicht abschlagen mochte ... Ich hab vom ersten bis zum letzten Schultag heimlich für dich geschwärmt ...«

»Echt jetzt?« Tessa fühlte sich einerseits geschmeichelt, andererseits ein bisschen überfordert.

»Wenn du willst, können wir bei mir noch einen Kaffee trinken«, schlug Sven vor.

Sie überlegte nur kurz, dann lächelte sie und nickte. »Och, ein Kaffee wär jetzt korrekt.«

Er grinste sein Sven-Matthiesen-Grinsen.

Als sie Kappeln erreichten, bog er hinter der Brücke Richtung Museumshafen ab und parkte den Wagen. Anschließend gingen sie einen kleinen Weg runter Richtung Wasser. Sie liefen bis zur Kaimauer, und Tessa traute ihren Augen nicht: Dort auf der Schlei lag ein kleines Bootshaus, außen mit Lichterketten dekoriert wie ein festlich geschmückter Kahn. Tessa hatte hier unten noch nie ein Bootshaus gesehen. »Das ist ja entzückend!«, rief sie aus.

»Selbst gebaut mit einem Kumpel, der Tischler ist. Na ja, ich musste nach der Scheidung ja irgendwo unterkommen, das hier war die günstigste Lösung.«

»Ist das denn legal?«

»Also, der Liegeplatz gehört einem Freund, und dem zahle ich etwas Gebühren.«

Damit war das Thema für ihn erledigt. Über einen kleinen Steg betraten sie das Bootshaus, das aus einem einzigen großen Raum bestand, vielleicht dreißig Quadratmeter, in dem alles untergebracht war. Mehr Platz brauchte der Mensch nicht. Es gab ein großes Bett, eine kleine Kochecke, ein Sofa, einen Tisch und Stühle. Ein Saxophon stand in einer Ecke, daneben ein Notenständer. Einen Fernseher sah Tessa nicht, dafür einen kleinen Tannenbaum, dekoriert, aber ohne Kerzen. Das Tollste aber war ein Ofen in der Mitte, den Sven als Erstes beheizte. Dann zündete er auf dem Tisch ein paar Kerzen an und machte Kaffee.

Das Bootshaus roch nach Holz, und kurz darauf kam noch der Duft von frisch gebrühtem Kaffee dazu, den sie bei Kerzenlicht auf dem Sofa mit Blick auf die nächtliche Schlei tranken. Vor dem Boothaus hatte Sven zur Wasserseite noch eine kleine Veranda gebaut, auf der man im Sommer sicher super abhängen konnte. Tessa war ganz begeistert von diesem Ort. Das war wirklich mal eine andere Art von Leben.

»Und nun sitze ich hier mit dem Mädchen, für das ich die ganze Schulzeit über heimlich geschwärmt habe«, sagte Sven und lächelte sehr süß. »Na ja, ich weiß, dass ich klein und pummelig war und keine Chancen hatte. Mich haben immer alle komplett übersehen, als wenn ich ein Neutrum wäre. Und die dünnen Angeber mit der großen Klappe, die haben immer die süßen Mädchen abgekriegt. Frauen können so grausam sein.«

Wieder grinste er selbstironisch. Tessa mochte ihn

immer lieber. Sven wirkte so bei sich, in sich ruhend. So saßen sie da im Kerzenlicht, während das Feuer im Ofen prasselte. Tessa hatte nichts dagegen, als Sven sich ganz langsam näherte und ihre Lippen mit seinen zärtlich abtastete, sich herantastete. So einen aufregenden Kuss hatte Tessa noch nicht erlebt. Weil der Kuss wie ein Fragezeichen war. Tessa spürte zwar Svens Begehren, aber noch mehr ihr eigenes. Sie musste ganz kurz an Ole denken und dass sie dieses Gefühl bei ihm ewig nicht mehr gehabt hatte. Bei Sven hatte alles so etwas Sanftes und dennoch Bestimmtes. Wie beim Tanzen führte er, ohne zu führen. Tessa hatte das Gefühl, dass sie einfach sie selbst sein konnte, nichts vorgeben oder sich irgendwie bemühen musste, etwas Bestimmtes darzustellen. Da war jemand, der sie so, wie sie war und wie sie immer schon gewesen war, mochte.

Als sie Sven sagte, dass ihr Kleid nur von Maren geliehen sei und er ganz vorsichtig damit sein müsse, zog er es ihr dermaßen langsam und umsichtig aus, dass Tessa allein dabei schon fast in Ohnmacht gefallen wäre. Es war das längste und aufregendste Vorspiel ihres Lebens, wie er den langen Reißverschluss des Kleides hinten immer nur Stück für Stück aufzog und ihr dabei den Rücken küsste. Als sie die Seidenstrümpfe abstreiften, machte es aber plötzlich doch »ratsch«, und eine fette Laufmasche wand sich durch das schwarze Muster. Aber das war Tessa jetzt auch egal.

Irgendwann landeten sie dann im Bett, und ihr Tanz von vorhin, ihr Verschmelzen mit der Musik ging auch hier weiter, nur dass keine Musik lief und sie der Melodie folgten, die im Raum zu erklingen schien, ihrer ganz eigenen Melodie. Und Tessa dachte, dass vielleicht jedes Paar im Zauber des Anfangs seine ganz eigene Melodie hatte, der es folgte, die es spielte und die für niemanden zu hören war außer für diese beiden.

20
26. Dezember

Gerade weil die Nacht so besonders gewesen war, fühlte sich Tessa am nächsten Morgen nach dem Erwachen umso überforderter. Schwerer, als mit jemandem ins Bett zu gehen, war es, neben jemandem aufzuwachen. Sie lag noch nackt im Bett, sah Sven, wie er am Boden kniete und den Ofen konzentriert mit kleinen Holzstücken beheizte. Er hatte sich Boxershorts und ein T-Shirt übergezogen.

›Was mache ich hier bloß?‹, schoss es Tessa durch den Kopf.

Sie hatte mitnichten vergessen, dass sie freiwillig mitgekommen war und alles aus freien Stücken und mit großer Lust mitgemacht hatte, aber jetzt fand sie doch, dass es alles sehr schnell gegangen war. Zu schnell für ihre Seele, um mitzukommen. Sie fühlte sich wie jener Indianer, der nach seinem ersten Flug angeblich auf dem Rollfeld des Flughafens noch im Schneidersitz sitzen blieb, bis seine Seele hinterhergekommen war.

Tessa blickte sich im gemütlichen Bootshaus um, da entdeckte Sven, dass sie aufgewacht war.

»Guten Morgen! Kaffee?«

Sie nickte. »Ja, gern.«

Der Ofen begann zu knacken und zu heizen, und

Sven warf ihr einen Bademantel zu, den Tessa überzog. Dann brachte er ihr einen Becher mit wunderbar dampfendem, duftendem Kaffee.

Er setzte sich neben sie und sah ihr lächelnd zu, wie sie ihren ersten Schluck nahm. »Das war eine sehr schöne Nacht!«

»Ja«, sagte Tessa, »ich erinnere mich bruchstückhaft und sehr dunkel. Oh, mein Gott, wir kennen uns doch kaum …«

Sven grinste. »Wie, wir kennen uns nicht? Wir sind dreizehn Jahre in dieselbe Klasse gegangen! Deinetwegen habe ich mich angestrengt, um nur ja nicht sitzenzubleiben. Ich weiß alles über dich. Was für gute Aufsätze du geschrieben hast, wie toll du gemalt hast, nur in Mathe und Physik hast du dich schwergetan, aber das lag eindeutig an den schlechten Lehrern.«

Tessa musste lächeln, ihr gefiel Svens Humor. Dann fiel ihr Blick auf die alte Uhr an der Wand. »Oh, schon halb elf? Ich muss nach Hause! Meine Familie wundert sich bestimmt, wo ich abbleibe.«

»Ich bring dich schnell rum und esse in der Fährschänke noch ein Bauernfrühstück. Damit ich Kraft hab für das Fußballspiel gegen Gelting.«

Als Tessa kurz darauf wieder in Marens Klamotten auf dem Beifahrersitz in Svens Ford Mustang saß, blickte sie auf die dicke Laufmasche in Marens Strumpfhose und fragte sich, wie sie den anderen zu Hause das alles nur erklären sollte. Vermutlich saßen sie gerade in der Küche und lästerten. Sie hörte in Gedanken Maren: »Tessa ist eine Chaos-Queen. Einen Morgen steht Ole als Hase im Garten, und den nächsten Morgen kommt sie gar nicht nach Hause!« Tessa war ja selbst verwirrt, was da alles seit gestern Morgen passiert war in ihrem Leben. Sie freute sich darauf, nach dem Fußballspiel endlich mal in Ruhe und allein mit dem Hund an der Ostsee spazieren zu gehen und sich durchpusten zu lassen, den Kopf wieder frei zu kriegen.

Sven neben ihr erzählte gerade vom Einsatz ihres Vaters für die Flüchtlinge in Kappeln, er sei so umtriebig, würde ständig was organisieren und klarmachen und sogar etwas Arabisch lernen, damit er wenigstens »Guten Tag« sagen konnte. Das hatte Tessa noch nicht gewusst. Sie war stolz auf ihren Vater.

Sven hielt vor dem Haus der Familie Gutzeit – hinter einem klapprigen taubenblauen Golf mit Berliner Kennzeichen, der Tessa nur allzu bekannt war. Sie traute ihren Augen nicht: Ole stand da im guten dunklen Anzug und mit einem großen Strauß roter Rosen an der Haustür und sprach gerade mit ihrer Mutter. Es sah sehr offiziell aus.

»O mein Gott, das ist Ole, mein Ex«, entfuhr es Tessa.

Sie stieg aus und hörte noch, wie Ole gerade sagte: »Im Gottesdienst? Tessa steht sonntags nie vor zehn Uhr auf!«

»Ist ein Langschläfergottesdienst«, stotterte ihre Mutter und entdeckte dann ihre verlorene Tochter, die im roten Kleid unterm schwarzen Mantel und mit einer dicken Laufmasche am Bein in Marens Wildlederpumps auf sie zuging. Ole drehte sich um und sah sehr erstaunt und überrascht auf Tessa, die da in diesem sehr ungewohnten Look auf ihn zukam. Dann entdeckte er den alten Ford und den Typen am Steuer. Sven hatte das Seitenfenster auf der Fahrerseite hinuntergekurbelt und sah sich Ole ganz genau an. Und der ihn. Ole schien sofort zu kapieren, dass Tessa soeben von diesem Typen nach Hause gebracht worden war und die Nacht gar nicht im Haus ihrer Eltern verbracht hatte.

Hinter Hella Gutzeit hatten sich in der Haustür auch der Vater, Maren und Ben eingefunden, die neugierig guckten. Kata bellte aufgeregt, und Willy Gutzeit beruhigte sie. Tessa schritt mit den kaputten Münchner Edelseidenstrümpfen auf Ole zu, sie sah aus wie eine reichlich ramponierte Schönheit.

»Tessa, wo warst du?«, fragte Ole fassungslos.

»Ich … äh … du, das ist Sven, ein ehemaliger Klassenkamerad von mir … Er hat mich netterweise vom Ehemaligenball nach Hause gebracht.«

»Vergiss nicht den Kaffee bei mir!«, rief Sven vom Auto aus. Er war inzwischen ausgestiegen und stand lässig an die Fahrertür gelehnt.

»Ja, stimmt. Wir haben zwischen dem Ball und jetzt noch Kaffee getrunken bei Sven.«

»Kaffee getrunken, bis jetzt«, sagte Ole nur.

»Fairtrade-Kaffee aus Equador.« Das kam wieder von Sven.

Ole war inzwischen auf Sven zugegangen. Er war stinkig, weil ihm dieser Typ hier seinen ganzen Plan und seinen Auftritt kaputt zu machen drohte. Dieser Sven war eine Rampensau.

Ole ging sehr nah an ihn heran und sagte: »Dann können wir ja jetzt wieder nach Hause fahren, Svenni.

Das ist *meine* Freundin, und ich will sie heiraten, alles klar?«

Tessa und ihre Familie beobachteten die Szene mit aufgerissenen Augen und Mündern. Jetzt packte Ole Sven auch noch am Hemdkragen, der stieß ihn zurück. Tessa ging entschlossen dazwischen und rief: »Ole! Sven! Bitte hört auf! Ihr seid hier doch nicht in einem drittklassigen Western!« Sie konnte es nicht fassen. Vor zwei Tagen hatte sie sich noch als ewigen Single enden sehen, und nun prügelten sich zwei Männer beinahe ihretwegen.

Sie sah Sven an: »Ist besser, du fährst jetzt, Sven. Danke fürs Bringen! Und für … den Kaffee!«

Sein Blick zerriss ihr fast das Herz.

»Ja, klar, die dünnen Angeber mit der großen Klappe, die kriegen ja immer alle süßen Mädchen.« Er setzte sich in seinen Wagen, startete den Motor und fuhr mit einem Kavalierstart davon, der sich gewaschen hatte.

Inzwischen ging Ole mit seinem Herzensbrecherblick vor den Augen aller auf die Knie und nahm Tessas Hand. »Tessa, was auch immer du heute Nacht gemacht hast, ich bin der Letzte, der es dir vorwerfen wird. Und ja, du hattest recht: Hasen feiern kein Weihnachten, das gestern war unangemessen. Ich liebe dich, und ich will dich heiraten, und ich bin hier, um dir das zu sagen.«

Tessa betrachtete Ole, der da vor ihr kniete und es wirklich ernst zu meinen schien. Sie war gerührt, wie sehr er sich bemühte und dass er ein zweites Mal extra nach Kappeln gekommen war und offensichtlich verstanden hatte, was am Vortag für sie nicht gepasst hatte. Sie fühlte sich gerade aber auch ziemlich überfordert. »Lass uns jetzt erst mal reingehen, ja?«, schlug sie daher vor.

21

Tessa und Ole betraten die Küche, in der Tessas Eltern hantierten. Maren und Ben hatten sich auf ihr Zimmer zurückgezogen, als sie sahen, dass Ole mit Tessa hereinkommen würde.

»So, ich nehm dir mal die schönen Rosen ab«, sagte die Mutter und holte Tessas neue Glasvase aus Berlin, die sie mit Wasser füllte. Dann stellte sie die Blumen auf den Küchentisch. Tessa schenkte in der Zwischenzeit Ole und sich einen Becher Kaffee ein. Sie fühlte sich etwas unwohl in Marens Kleid und dem Aufzug von gestern. Gern hätte sie jetzt ein Bad genommen und sich mal etwas entspannt, aber mehr als eine kurze Dusche war wohl nicht mehr drin.

»Ihr kommt doch gleich mit zum Fußballturnier?«, wollte der Vater wissen. »Zwölf Uhr ist Anpfiff, in einer halben Stunde geht's los.«

»Mein Vater hat ein Wohltätigkeitsturnier für die Flüchtlingshilfe organisiert. Pro Tor spendet die Sparkasse tausend Euro.«

»Kappeln gegen Gelting. Die machen wir kalt heute«, ergänzte ihr Vater. Ole nickte, wollte sich offensichtlich wieder beliebt machen bei seinem Schwiegervater in spe.

»Klar kommen wir mit zum Anfeuern!«

Die Mutter hatte die Küche verlassen, jetzt waren Tessa, Ole und der Vater allein.

»Tessa, du glaubst nicht, was mit dem singenden Gartenzwerg passiert ist!« Willy Gutzeit ging an den Putzschrank in der Küchenecke und holte vier große Scherben heraus, die unschwer als Überreste eines Gartenzwergs zu erkennen waren.

Tessa schlug sich geschockt die Hand vor den Mund. »Aber, Papa, wer macht denn so was?«

»Und das«, sagte Willy Gutzeit, »ist die Tatwaffe, auch gleich sichergestellt.«

Er zeigte ihr das Buch von Maren. Tessa war sofort klar, was geschehen sein musste.

»O mein Gott, Papa! Das Buch hat mich so wütend gemacht, da habe ich es aus dem Fenster geworfen. Aber ich ahnte doch nicht …«

Zum Glück grinste ihr Vater sie jetzt etwas an, versöhnlich.

Tessa nahm das Buch von Maren und schmiss es in den Küchenmülleimer. »So, ich geh kurz duschen und mich umziehen.«

Als Tessa in der oberen Etage Richtung Bad ging, fing Maren sie ab, zeigte auf die Laufmasche.

Tessa flüsterte: »Kleiner Kollateralschaden, ich zahle sie dir natürlich!«

»Hundertzehn Euro«, sagte Maren nur trocken, »ich hoffe, das war's wert! – Sag mal, du willst Ole doch wohl nicht die Nummer mit dieser Stewardess verzeihen?«

»Nur weil du einmal in deinem Leben einen Locher hast mitgehen lassen aus der Firma, bist du ja auch keine Kleptomanin, oder?«

Maren schnappte nach Luft, fing sich jedoch schnell wieder. Sie guckte Tessa eindringlich an, wie jemanden, der vom rechten Weg abgekommen war.

»Mal sehen«, sagte Tessa, »vielleicht verzeihe ich ihm den einen Ausrutscher, einfach weil Ole es wert ist.«

Maren sah sie besorgt an, doch Tessa verschwand ins Badezimmer.

Eine halbe Stunde später betraten sie gemeinsam die Turnhalle von Kappeln. Auf der Zuschauertribüne saßen bereits an die zweihundert Zuschauer. Willy Gutzeit verschwand in der Umkleidekabine seiner Mannschaft, und Tessa, Ole, Maren, Ben, Elke und die Mutter setzten sich alle nebeneinander. Kurz darauf kam auch noch Susanne mit Stella dazu, die Ole überrascht grüßten, sich aber nichts weiter anmerken ließen. Tessa trug jetzt Jeans und einen schwarzen Rolli, und Ole im schicken Anzug neben ihr fiel auf, manche guckten neugierig rüber. Den Blicken von Susanne und Maren war unschwer zu entnehmen, was sie von Oles Erscheinen hielten.

Und dann ertönte eine feierliche Musik, und beide Mannschaften betraten die Halle und stellten sich in zwei Reihen einander gegenüber auf. Es hatte was von einer EM im Taschenformat. Tessa sah, dass Pastor Dirk Hansen als Torwart für Kappeln fungierte. Sven spielte mit in der Mannschaft ihres Vaters, dann noch Ede, Hermann, den sie beim Baumschlagen im Wald getroffen hatten, und ein paar andere Männer, die sie nicht weiter kannte. Sven jetzt im Fußballtrikot zu sehen war ein seltsames Gefühl. Der Mann, mit dem sie die letzte Nacht verbracht hatte. Und was für eine Nacht … Tessa schob den Gedanken schnell beiseite.

Der Bürgervorsteher von Kappeln, Malte Harmsen, ergriff das Mikro.

»Bevor wir nun gleich, liebe Fangemeinde und liebe Spieler, ein hoffentlich spannendes und faires Spiel zu sehen bekommen, möchte ich ganz herzlich unsere Gäste aus Syrien und Afghanistan auf der Zuschauertribüne begrüßen!« Es gab einen Applaus, und ein paar Männer mit schwarzen Haaren und ihre Frauen mit Kopftüchern in der ersten Reihe auf der Empore lächelten geschmeichelt.

»Ganz großer Dank gebührt Willy Gutzeit, der das Spiel heute organisiert hat. Willy, das ist wirklich klasse, was du alles auf die Beine stellst! Eine Stadt braucht Bürger wie dich!«

Wieder gab es Applaus, und man sah, wie Willy Gutzeit bescheiden abwinkte.

»Ich finde es großartig, dass die Nord-Ostsee-Sparkasse als Sponsor auftritt und tausend Euro für die Flüchtlingshilfe spendet für jedes Tor, das fällt, egal, ob für Kappeln oder Gelting. Und dass auch noch der Direktor unserer Filiale hier in Kappeln, Jens Schmücke, heute den Schiedsrichter gibt. Danke, Jens!« Wieder Applaus.

Ole raunte Tessa ins Ohr: »Die sind hier ja Weltmeister im Applaudieren!«

Der Bürgervorsteher fuhr fort: »Ich wünsche uns allen jetzt ein spannendes Spiel, das ja, wenn man so will, mit göttlichem Segen erfolgt. Sowohl unser Pastor

Hansen als auch Pastor Stolz aus Gelting haben sich bereit erklärt, im Tor zu stehen! Und der Flüchtlingshilfe wünsche ich, dass heute viele Tore fallen!«

Der Sparkassendirektor verteilte Weihnachtsmützen an die Spieler, die unter dem Applaus der Zuschauer auch alle brav aufsetzten. Danach war endlich Anpfiff, und es ging gleich zur Sache. Willy Gutzeit versuchte, einen Querpass auf Ede zu spielen, doch der flinke Stürmer der Geltinger, der bestimmt nicht älter als Mitte zwanzig war, sprintete dazwischen und eroberte den Ball. Er spielte einen Doppelpass mit einem kräftig gebauten Glatzkopf und stand dann plötzlich allein vorm Tor von Dirk Hansen. Als er einen Schuss antäuschte, duckte sich der Pastor weg. Damit hatte der Stürmer freie Bahn. Er schob den Ball mühelos zum 1:0 ins Tor. Die Anhänger von Gelting jubelten.

Sven regte sich lautstark auf und stauchte Dirk Hansen zusammen. Dann fischte er den Ball aus dem Netz und feuerte die Mitspieler an, während er zum Anstoßpunkt lief.

Kaum war der Anstoß ausgeführt, stürmte Sven kraftvoll an drei Geltingern vorbei. Zwei gegnerische Abwehrspieler stürzten sich auf ihn, um ihn zu stoppen, doch Sven hatte genug Übersicht, den frei stehenden Ede neben sich zu sehen. Er passte ihm den Ball zu, Ede stoppte ihn kurz und jagte ihn dann mit Wucht unter die Latte des Geltinger Tors. 1:1! Die Kappler Spieler umarmten Ede, den Torjäger. Stella und Susanne schrien vor Stolz, das Publikum kochte. Das Spiel ging noch keine zehn Minuten, und es waren schon zwei Tore gefallen.

Wieder griffen die Geltinger an, ein Fernschuss ging nur einen Meter am rechten Pfosten des Tors von Dirk Hansen vorbei. Inzwischen stand die Abwehr auf beiden Seiten aber sicherer als am Anfang, was dazu führte, dass sich die Mannschaften eine Weile nur im Mittelfeld beharkten. Eine Zeitlang passierte deshalb nicht viel, da bekam Hermann Sörensen den Ball und umdribbelte seinen Gegenspieler. Als er auch am zweiten Geltinger vorbeiwollte, hielt ihn der am Trikot fest, sodass Hermann ins Stolpern kam und den Ball verlor. Trotz des lautstarken Protests der Kappler Spieler und Anhänger ließ der Schiedsrichter weiterspielen. Der Ball landete bei dem jungen Stürmer von Gelting, der die Abwehrspieler von Kappeln einfach stehen ließ und den Ball flach und hart im Tor von Dirk Hansen versenkte. 2:1 für Gelting.

Willy Gutzeit schimpfte mit hochrotem Gesicht auf den Schiri ein, doch der pfiff nur zur Halbzeitpause. Immerhin: schon 3000 Euro für die Flüchtlingshilfe, Willy Gutzeit konnte eigentlich zufrieden sein.

Während Stella losflitzte, um sich in der Pause eine Cola zu holen, standen Tessa und die anderen nur kurz auf und streckten die Glieder. Susanne und Maren verzogen sich etwas weiter weg, und Tessa sah ihre Schwestern aufgeregt miteinander tuscheln. Sie ahnte schon, worum es ging. Ole legte den Arm um Tessa und strich ihr übers Haar. Ben googelte auf seinem Smartphone herum, und Elke und die Mutter regten sich noch gemeinsam über den Schiedsrichter auf. »Gut, dass ich nicht bei der Nord-Ostsee-Sparkasse bin, also bei solchen Fehlentscheidungen!«, sagte Elke.

Und die Mutter erwiderte: »Schmücke ist ja gebürtiger Geltinger, ganz unparteiisch ist er wohl nicht.«

Ole und Tessa mussten schmunzeln.

Dann ging es kurz darauf weiter, und alle setzten sich wieder hin. Der Schiedsrichter pfiff die zweite Halbzeit an. Gelting stürmte gleich nach vorn. Der kräftige Glatzkopf schlug eine hohe Flanke auf den jungen Stürmer, doch Willy Gutzeit sprang höher, als man ihm zugetraut hätte, und köpfte den Ball weg. Dann rannte er sofort hinterher, eroberte den Ball noch einmal von einem Geltinger zurück und stürmte auf der Außenseite nach vorn. Tessa staunte, denn trotz seiner fünfundsiebzig Jahre ließ Willy Gutzeit mehrere Geltinger stehen und preschte wie ein Blitz unaufhaltbar auf deren Tor zu. »Opa vor, noch ein Tor!«, rief Stella begeistert. Doch dann passierte etwas, was von der Tribüne aus vermutlich noch deutlicher zu sehen war als für die Mitspieler auf dem Feld. Willy Gutzeit knickte plötzlich mitten im Lauf wie eine Puppe ein und brach auf dem Platz zusammen. Der Ball rollte einfach ins Aus.

Wie aus einem Mund schrien Tessa und Maren auf.

»O Gott, Willy!«, entfuhr es Hella.

Geschockt sahen alle auf den Organisator des Turniers, der in Sportkleidung und mit Weihnachtsmütze am Turnhallenboden lag und sich nicht regte.

Sven war als Erster bei ihm, gefolgt von Ede. Sie beugten sich besorgt über ihn. Dann war auch der Sanitäter da. Hastig erhoben sich Hella Gutzeit und die drei Töchter und eilten von der Tribüne nach unten. Alle Spieler standen im Halbkreis um Willy Gutzeit herum und machten ihnen sofort Platz. Tessa bekam schreckliche Angst, als sie das aschfahle Gesicht ihres Vaters sah, und Maren schluchzte laut auf. Willy Gutzeit lag mit geschlossenen Augen da und wirkte wie tot. Susanne legte einen Arm um die Mutter, die fassungslos auf ihren Mann am Boden starrte.

Der Sanitäter fühlte konzentriert den Puls, blickte sehr besorgt: »Da ist fast nichts mehr. Sein Kreislauf versagt. Wir müssen ihn sofort reanimieren und dann so schnell wie möglich nach Flensburg in die Notaufnahme bringen.«

Ein weiterer Sanitäter kam mit einer Trage. Sie legten Willy Gutzeit darauf, trugen ihn hastig aus der Halle und verfrachteten ihn in den vor der Turnhalle parkenden Rettungswagen. Sie schlossen die Türen vom Fahrzeug, während sie ihn notfallmäßig reanimierten. Die Familie stand angespannt neben dem Wagen, inzwischen waren auch Elke, Ben, Ole, Ede und Stella dazugestoßen. Das Spiel war unterbrochen worden.

Stella guckte ganz mitgenommen und sah ihre Mutter mit großen Augen an: »Mama, stirbt Opa jetzt?«

Susanne streichelte ihrer Tochter über den Kopf. »Schatz, ich hoffe nicht!«

Als sein Kreislauf einigermaßen stabilisiert war, boten die beiden Sanitäter Hella Gutzeit an, hinten im Rettungswagen mitzufahren bei ihrem Mann. Sie nickte, und Maren sagte: »Wir kommen dann gleich nach, Mama!«

»Elke, kannst du bitte nach dem Hund sehen?«, fragte die Mutter, und Elke nickte.

Die Sanitäter halfen Hella Gutzeit in den Wagen, dann schalteten sie das Blaulicht und die Sirene ein und fuhren vom Parkplatz auf die Straße.

Tessa blickte dem Rettungswagen hinterher. Sie fühlte sich, als wäre ihr mit einem Mal der Boden unter den Füßen weggezogen worden. Von einem Moment auf den anderen hatte das Schicksal zugeschlagen, mit aller Gewalt. Tessa schickte innerlich ein Stoßgebet zum Himmel. »Bitte, lieber Gott, mach, dass Papa das überlebt!«

22

Bens BMW fuhr über die Bundesstraße, alle schwiegen. Zwischen Tessa und Susanne auf der Rückbank saß Ole, der unbedingt mitkommen wollte. Er streichelte Tessas Hand.

Tessa war in Gedanken bei ihrem Vater, dem kaputten Gartenzwerg, der Aufregung vor dem Turnier. Sie sah sich mit ihrem Vater im Wald, sah ihn mit dieser altmodischen Krawatte vor sich, wie er die Rede hielt, sein stolzes Gesicht, als alle den singenden Gartenzwerg bewunderten. Und sie, Tessa, hatte ihn zerstört! Sie musste ihn gleich nachher wieder zusammenkleben, und zwar so perfekt, dass man nichts sah.

Sie waren inzwischen in Flensburg angekommen, als Maren zu Ben sagte: »Fahr da vorn rechts ab, ist eine Abkürzung.«

»Schatz, ich fahre immer nur nach Navi!«

»Diese Abkürzung kennt das Scheißnavi nicht. Die kennen nur wir Einheimischen!«

Ole und Tessa sahen sich an, Ole verdrehte leicht die Augen. Sie wusste, wie sehr er solche Dialoge liebte.

»Na gut, weil du es bist«, sagte Ben, setzte kurz entschlossen den Blinker und bog ab. Dabei übersah er, dass er an der Kreuzung ein anderes Auto hätte vorlassen müssen. Der Wagen bremste zum Glück noch ab und wich aus, sodass er Bens BMW nur leicht am vorderen Kotflügel streifte.

Ben wurde weiß wie eine Wand und guckte Maren vorwurfsvoll an.

Die sagte nur: »Das ist jetzt aber nicht meine Schuld!«

»Das wäre nicht passiert, wenn ich nach Navi gefahren wäre. Scheiße, wenn man ein Mal von der Roadmap abweicht!«

Maren und Ben stiegen aus, redeten mit dem anderen Autofahrer, der das alles ganz entspannt nahm. Sie tauschten rasch die Telefonnummern aus, der Mann stieg wieder ein und fuhr weiter.

Ben dagegen betrachtete völlig fassungslos den Kratzer in seinem nagelneuen Lack, strich darüber und murmelte: »So eine Kacke! Der Wagen ist ganz, ganz neu!«

Maren sah ihn kopfschüttelnd an. »Mein Vater hatte einen Kollaps und stirbt vielleicht gerade und du? Du regst dich über einen Kratzer auf?! Ich fasse es nicht! Kann es sein, dass die Prioritäten in deinem Leben nicht ganz stimmen?«

Wütend stieg sie wieder ein. Ben setzte sich kleinlaut ans Steuer und fuhr weiter. Kurz darauf erreichten sie die Unfallklinik.

»Ich lass euch schon mal raus und suche einen Parkplatz«, sagte Ben und die drei Schwestern samt Ole stiegen aus.

Auf der Treppe zur Klinik regte sich Maren weiter über Ben auf. »Ein kleiner Kratzer in der Carbonkarosserie, das ist so ohne Worte!«

»Nun beruhige dich, Schätzchen«, sagte Susanne und hakte Maren unter, »das neue Auto ist nun mal das Allerheiligste für deinen Verlobten.«

»Aber doch nicht, wenn Papa gerade mit Blaulicht ins Krankenhaus gefahren wird. Ich fasse es nicht. Und den soll ich heiraten? Also, das muss ich mir echt noch mal gut überlegen.«

Sie betraten die Eingangshalle der Klinik, wo ein kleiner Tannenbaum mit Lametta und Lichterkette daran erinnerte, dass ja Weihnachten war. Susanne ging an die Rezeption, kam kurz darauf zurück: »Er wird gerade durchgecheckt, Intensivstation.«

Sie folgten einem Schild und betraten den Flur der Station. Hella Gutzeit saß schon da und wartete, zusammengekauert auf einem der orangfarbenen Plastikstühle, die Optimismus verbreiten sollten auf einer Station, wo das mehr als angebracht war.

»Es werden gerade die ganzen Untersuchungen gemacht. Der Arzt hat gesagt, sie müssen erst mal herausfinden, ob es ein Schlaganfall, Herzversagen oder vielleicht eine Lungenembolie ist.«

Sie setzten sich alle zu ihr. Susanne legte den Arm um ihre Mutter, die daraufhin zu schluchzen begann:

»Mein Willylein! Er hasst Krankenhäuser doch so.«

Susanne strich der Mutter über die Haare, die Stimmung war sehr bedrückt.

Da kam Ben angehastet.

»Und? Was ist mit ihm?«, fragte er.

»Er wird gerade untersucht. Man weiß noch nicht genau, was er hat«, sagte Tessa.

Er setzte sich neben Maren, wollte ihre Hand nehmen, doch sie zog sie zurück. Verlegen zückte Ben sein iPhone und googelte etwas, vermutlich zum Thema Herzinfarkt, Schlaganfall.

Tessa sah auf eine Uhr an der Wand, deren Zeiger sich überhaupt nicht zu bewegen schienen. Dafür tickte die Uhr sehr laut, und ihr schien es, als habe sie noch nie so bewusst die Zeitlichkeit wahrgenommen wie hier auf dem Flur. Ihr fielen plötzlich alle möglichen Redewendungen ein, »Wem die Stunde schlägt« oder »Sein letztes Stündchen hatte geschlagen«, »Er hat das Zeitliche gesegnet«. Zeit und Leben, Zeit und Tod, alles hing miteinander zusammen. Sie saßen zwar alle nebeneinander auf den Stühlen, aber Tessa fühlte sich ganz weit weg, als blickte sie aus der Vogelperspektive auf Maren und Ben, die sie noch nie im Streit erlebt hatte, auf Susanne, die sich wie selbstverständlich um die Mutter kümmerte. Tessa sah, wie ihre Mutter um Jahre gealtert schien seit dem Vormittag, wie sich Kummerfalten in ihr Gesicht gelegt hatten und eine ganz, ganz große Angst, den geliebten Mann zu verlieren. Auch Ole neben ihr, so spürte sie, schien das Ganze ziemlich mitzunehmen, vermutlich weil es ihn ungut an die letzten Monate seiner Mutter im Krankenhaus erinnerte. An ihren qualvollen Tod auf der Krebsstation. Wie oft hatten er und Tessa seine Mutter besucht, dabei versucht, gute Miene zu machen, und hinterher auf dem Krankenhausflur gemeinsam geweint, weil seine Mutter von Mal zu Mal dünner geworden war, schmaler, blasser, vom Tod gezeichnet.

Außer ihnen saß niemand hier, es war ja der zweite

Weihnachtsfeiertag, und nur Notfälle wurden behandelt.

Tessa sah immer wieder das Bild vor sich, wie ihr Vater beim Laufen zusammenbrach und am Boden liegen blieb und wie der Ball völlig gleichgültig ins Aus rollte.

Ole stupste sie an und riss sie aus ihren Gedanken. »Ich brauch mal dringend einen Kaffee, soll ich dir einen mitbringen?«

Tessa nickte dankbar.

Ole erhob sich. »Noch jemand einen Kaffee?«, fragte er in die Runde, doch die anderen wollten alle nicht.

Tessa sah ihn den langen Flur entlanggehen und dann um die Ecke verschwinden. Dass Ole wieder in ihrem Leben aufgetaucht war, hatte sie noch gar nicht so richtig kapiert. Dazu war zu viel passiert an diesem Morgen, in diesen Tagen. Sie hatte ja die Nacht noch bei Sven verbracht, all das war nicht mal vierundzwanzig Stunden her. Tessa musste kurz an Svens Gesichtsausdruck denken, als sie ihn am Vormittag gebeten hatte zu fahren. Diese alte Wunde bei ihm. Sie hatte ihm nicht weh tun wollen, aber sie musste die Situation im Vorgarten klären, bevor die beiden sich an die Gurgel gegangen wären.

In diesem Moment trat ein Arzt auf sie zu. Dessen besorgte Miene ließ Tessa schlechte Nachrichten befürchten. Hella Gutzeit erhob sich sofort.

»Frau Gutzeit, Ihr Mann hat Herzrhythmusstörungen. Wir mussten ihn in ein künstliches Koma versetzen, weil sein Herz noch nicht wieder regelmäßig schlägt. Wir versuchen jetzt, seinen Kreislauf zu stabilisieren. Es ist besser, Sie gehen nach Hause und kommen morgen wieder. Wir melden uns natürlich sofort bei Ihnen, wenn was sein sollte.«

Alle guckten betreten, aber da sie spürten, dass der Arzt momentan auch nicht mehr sagen konnte, fragten sie nicht weiter nach.

Tessa stand auf und wollte Ole suchen, um ihm zu sagen, dass sie jetzt nach Hause zurückfahren würden. Die anderen gingen schon mal Richtung Ausgang und wollten dort auf sie warten. Tessa bog um die Ecke und folgte einem Schild mit einer Kaffeetasse darauf. Sie ging einen weiteren Flur entlang und wollte gerade um eine Ecke biegen, da hörte sie dahinter ein Frauenkichern und Oles tiefe Stimme. Sie sah ihn, bevor er sie entdeckte, sie sah, wie er mit einer ziemlich jungen und ziemlich blonden Krankenschwester am Kaffeeautomaten stand und sie ihm gerade mit einem Kuli ihre Telefonnummer auf seinen Unterarm schrieb.

Tessas Atem stockte. Sie spürte in diesem Moment mit jeder Faser ihres Körpers ganz klar so etwas wie eine tiefere Wahrheit, etwas, das sie vielleicht schon länger ahnte, aber nie hatte wahrhaben wollte. Ihr wurde klar, dass das mit Steffi und Ole kein einmaliger Ausrutscher gewesen war, sondern die beiden eine Affäre miteinander hatten, und dass Ole sie, Tessa, in den letzten vier Jahren immer wieder betrogen hatte und es auch in Zukunft tun würde, weil er die Bestätigung offenbar für sein Ego brauchte. Ihr wurde klar, dass ein Mann wie Ole nicht treu sein *konnte* und sich auch immer wieder Frauen an ihn ranschmeißen und ihm ihre Telefonnummer geben würden, weil er einfach sagenhaft gut aussah und dieses gewisse Etwas hatte. Tessa wusste in diesem Moment, dass es mit einmal Verzeihen nicht getan war und sie sich in Ole getäuscht hatte – jetzt wieder, erneut von ihm hatte täuschen lassen – und dass es der größte Fehler gewesen war, ihn heute früh wieder in ihr Leben zu lassen. Dass sie den Falschen weggeschickt hatte. Und dass Nadja mit allem recht gehabt hatte.

Die Krankenschwester warf Ole noch einen verheißungsvollen Blick zu und machte sich in ihren Birkenstocksandalen dann wieder auf den Weg zur Arbeit. Ole nahm die beiden braunen Kaffeebecher vom Automaten, drehte sich um und – erblickte Tessa. Er zuckte kurz zusammen und guckte ertappt aus der Wäsche, machte aber gleich danach wieder einen auf unschuldig und Opferhase.

»Das war nur Smalltalk«, sagte er, als er mit den Kaffeebechern bei Tessa ankam. »Sie hat mir ihre Nummer aufgedrängt.«

»Eigentlich wollte ich dir sagen, dass wir jetzt nach Hause fahren, aber nun möchte ich dich bitten, allein zurückzukommen zu deiner Schrottkarre, egal, wie.«

»Tessa, Babe. Du reagierst total über!«

»Es ist aus, ein für alle Mal, und ich will dich nie wiedersehen.«

»Hast du dich etwa in Svenni, den Ford-mit-Fuchsschwanz-Fahrer, verknallt?«

»Ole, das ist nicht der Grund. Ich habe mich einfach in dir getäuscht, vermutlich seit Jahren schon.«

Und Tessa ließ ihn stehen, mit je einem braunen

Plastikbecher in der Hand. Sie folgte dem Schild »Ausgang« die trostlosen Flure entlang, irgendwo lag hier ihr Vater im künstlichen Koma und mit einem Herzen, das aus dem Tritt geraten war und nicht mehr recht schlagen wollte. Eine noch nie gekannte Traurigkeit überfiel sie, die wie eine große Schwester all der bisherigen Traurigkeiten und Krisen in ihrem Leben war. Ihr Vater wachte vielleicht nicht mehr auf, und sie würde nie mehr die Liebe in seinem Gesicht sehen. Und gleichzeitig hatte Tessa das gute Gefühl, gerade eben genau das Richtige getan zu haben. Mit Ole war sie jetzt endgültig durch. Sie hatte ihre Lektion gelernt. Angesichts der Sache mit ihrem Vater, dessen Leben auf der Kippe stand, erschienen ihr alle Sorgen wegen Ole plötzlich klein und nichtig. Erschien ihr Ole unwichtig. Seine Hasennummer von gestern, der sie nicht auf den Leim gegangen war, seine Show heute früh im Vorgarten. Ole war eben Schauspieler, durch und durch.

Dass ihr Tränen über die Wangen liefen, merkte Tessa daran, dass einige salzig auf ihren Lippen landeten, aber es waren Tränen für ihren Vater und nicht für Ole. Dann fand sie den Ausgang, wo ihre Mutter und ihre Schwestern auf sie warteten und sie fragend ansahen. Tessa sagte nur entschieden: »Bitte fragt nicht, wo Ole ist. Es ist aus und vorbei, und wir haben jetzt einen Platz mehr im Auto für Mama!«

Maren nickte Tessa anerkennend zu. Ben hatte inzwischen den Wagen geholt, die Mutter setzte sich auf den Beifahrersitz und die drei Schwestern nach hinten, so wie sie früher immer im Auto des Vaters auf dem Rücksitz gesessen hatten, Tessa und Susanne am Fenster und Maren in der Mitte. So fuhren sie schweigend nach Hause, das ohne Willy Gutzeit nicht mehr dasselbe »Zuhause« war. Das war allen klar, darüber mussten sie kein Wort verlieren.

23

Als sie das Haus betraten, kam ihnen Kata winselnd entgegen. Elke hatte ihr Futter gegeben und Wasser nachgefüllt, war vermutlich auch mit ihr rausgegangen. Es war seltsam, aber auch der Hund schien zu kapieren, dass etwas sehr Schlimmes passiert war mit seinem Herrchen. Kata legte sich jedenfalls gleich unter den Küchentisch, so wie sie es in Krisensituationen immer tat.

»Ich geb kurz Elke Bescheid«, sagte die Mutter und verschwand nach nebenan.

Die Küchenuhr zeigte halb acht, Ben war auf Marens Zimmer gegangen, unter dem Vorwand, eine Präsentation vorbereiten zu müssen. Vielleicht wollte er aber auch die Frauen der Familie unter sich lassen, zumal Maren gerade nicht gut auf ihn zu sprechen war. Tessa sah Oles Rosenstrauß auf dem Küchentisch stehen, schnappte sich die Blumen und stopfte sie in den Mülleimer. Die Vase spülte sie aus und trocknete sie ab. Susanne holte die Flasche Schnaps aus dem Küchenschrank, die am Weihnachtsabend für so viele Wahrheiten gesorgt hatte, gerade zwei Abende war das her. Sie schenkte vier Schnapsgläser ein und stellte die Flasche zurück. Die Mutter kam wieder von drüben, und alle vier Frauen setzten sich um den Küchentisch. Der Kachelofen strahlte immer noch ein bisschen Wärme aus. Wortlos kippten sie die Schnäpse.

»Habt ihr Hunger? Der Kühlschrank ist voll, aber ich kriege jetzt keinen Bissen runter«, sagte die Mutter.

Den Töchtern ging es genauso. Plötzlich schluchzte die Mutter los. Tessa, die neben ihr saß, legte den Arm um ihre Schulter.

»Künstliches Koma, das ist doch schon fast tot, oder etwa nicht?«

»Nein, Mama, das muss es nicht bedeuten«, beruhigte Tessa sie.

»Ich weiß gar nicht, wie ich ohne euren Vater leben soll.« Hella Gutzeit blickte starr auf die Tischdecke. »Wir sind doch ein ganzes Leben zusammen, seit ich denken kann.«

»Und wir wissen überhaupt nicht, was Papa wollen würde«, stöhnte Susanne. »Will er künstlich am Leben erhalten werden, um jeden Preis? Künstlich ernährt werden? Seht ihr, wie wichtig das mit der Patientenverfügung ist?!«

»Mama, weißt du denn nichts Näheres?«, fragte Maren. »Habt ihr darüber nie mal gesprochen?«

»Ich weiß nur, dass euer Vater nicht verbrannt werden will, also über die Beerdigung haben wir schon mal geredet. Und er will, dass bei seiner Trauerfeier keine modernen Kirchenlieder gesungen werden, und statt Kränzen und Blumen will er Spenden für die Flüchtlingshilfe.« Hella Gutzeit musste lächeln, doch dann begann sie, wieder etwas zu weinen. Sie wischte sich die Tränen weg und sah ihre drei Töchter an. »Euer Vater hat mich mal eine Zeitlang betrogen in unserer Ehe. Ist zwanzig Jahre her. Mit Hilka Henningsen.«

Wie aus einem Munde ertönte ein ungläubiges »Waas?«. Alle drei blickten zu ihrer Mutter.

Hilka Henningsen war ein rothaariger Temperamentsbolzen im Alter der Mutter, die in Kappeln den Ruderverein leitete. Eine Zeitlang hatte der Vater mal im Kappler Kirchenchor mitgesungen, weil dringend Männerstimmen gebraucht wurden. Er hatte sich dazu überreden lassen. In dem Chor sang Hilka auch. Tessa vermutete, dass das in der Zeit gewesen sein musste, denn ihr Vater hatte mit dem Chor ziemlich abrupt wieder aufgehört.

»Aber du hast doch vorgestern noch zu mir gesagt, dass er dir immer treu war.«

»Tut mir leid, Tessa, aber am Heiligen Abend mochte ich darüber wirklich nicht reden. Ich habe es ihm ja auch verziehen. Aber weh getan hat es trotzdem.«

»Hattet ihr denn in der Zeit Probleme?«, wollte Maren wissen.

»Na ja, das war eine Phase, wo ich nicht so gern wollte … ihr wisst schon. Aber jetzt ist es gut, das Thema ist durch. Ich weiß selbst nicht, wie ich darauf gekommen bin.«

Plötzlich war es Susanne, die bitterlich zu weinen begann und regelrecht geschüttelt wurde von einem Weinkrampf.

Maren streichelte ihre Hand. »Aber Suse, was hast du denn?«

Es war nicht leicht zu verstehen, was Susanne da unter Tränen und Schluchzen von sich gab. »Wenn Papa jetzt stirbt, dann … dann waren diese Worte gestern beim Italiener, ihr erinnert euch, die letzten Worte, die er zu mir gesagt hat. Dann würden wir im Streit auseinandergehen – ohne Versöhnung.«

Tessa guckte Susanne betroffen an. Sie verstand, wie quälend das für ihre ältere Schwester sein musste. Da konnte man auch nichts schönreden.

»Tessa war immer sein Liebling, dicht gefolgt von Maren«, schluchzte Susanne.

»Das stimmt nicht!«, sagte die Mutter sehr entschieden. »Er liebt euch alle drei, jede auf ihre Weise, weil ihr eben auch ganz verschieden seid. Papa hat sich einfach in letzter Zeit etwas bevormundet gefühlt von dir, das ist alles, Susanne, glaub mir.«

Wieder schwiegen sie. Dann erhob sich Susanne: »So, ich geh mal nach Hause.« Sie umarmte alle zum Abschied und ging, Tessa sah ihr durchs Küchenfenster nachdenklich hinterher. Da klingelte das Telefon im Flur, und Tessa rannte hin, hob ab.

»Ja, Gutzeit.«

»Tessa?« Das war Svens Stimme.

»Ja, ich bin's«, sagte sie.

»Hier Sven. Mensch, ich muss doch mal hören, was mit deinem Vater ist.«

Wie schön die Stimme eines Menschen ist, merkt man oft erst am Telefon. Tessa freute sich, dass Sven sich nach ihrem Vater erkundigte, freute sich, seine warme Stimme mit norddeutschem Einschlag zu hören.

»Er liegt auf der Intensivstation im künstlichen Koma, weil sein Herz noch nicht wieder richtig schlägt. Es steht alles auf der Kippe, und man kann noch nichts sagen.«

»Das tut mir leid. Sag bitte Bescheid, wenn ihr, du oder deine Mutter, irgendwas braucht.«

»Danke. Das ist wirklich nett von dir.«

»Gut, ich will auch gar nicht länger stören.«

Tessa hätte gern noch länger mit Sven gesprochen. »Du störst nicht, ich muss nur die Leitung frei machen, falls das Krankenhaus anruft.«

»Ja, klar«, sagte er. »Bist du jetzt eigentlich wieder mit diesem Ole zusammen?«

»Es ist aus. Endgültig. Das war nur ein kurzer Rückfall.«

»Gut gemacht«, sagte er.

»Ging das Fußballspiel eigentlich noch weiter?«, wollte Tessa noch wissen.

»Ja, wir waren alle der Meinung, dass dein Vater das so wollen würde. Harmsen ist dann für deinen Vater eingesprungen«, sagte Sven. »4:2 für Gelting. Einen Besseren als Dirk Hansen im Tor gibt es gar nicht für die Flüchtlingshilfe.«

Sie mussten lachen, dann wünschten sie sich gegenseitig eine gute Nacht und legten auf. Tessa sah noch einen Moment auf das altmodische Telefon ihrer Eltern, aus dem soeben diese schöne Stimme erklungen war und sich so mitfühlend nach ihrem Vater erkundigt hatte. Sven war ein toller Typ, daran gab es keinen Zweifel.

Die Mutter kam auf Tessa zu und blickte sie fragend an.

»Ach, Sven Matthiesen wollte wissen, wie es Papa geht«, sagte Tessa so beiläufig wie möglich.

»Das ist ja nett von ihm.« Ihre Mutter guckte sie auf

diese gewisse Weise an, die Tessa schon früher gehasst hatte. »Ich nehm das Telefon mit ins Schlafzimmer, falls was ist.«

Tessa gab ihr einen Gutenachtkuss. Auch sie ging auf ihr Zimmer. Tessa hörte Maren im Badezimmer. Sie legte sich in Klamotten aufs Bett und schnappte sich ihren alten Teddy Bolli. Dann fiel ihr etwas ein und sie holte ihr Smartphone hervor. Sie fand schnell den kleinen Film, den sie am Anreisetag von ihrem Vater vor dem Haus gedreht hatte. Man sah den singenden Gartenzwerg, als er noch funktionierte, es war zu köstlich, wie der völlig steife Gartenzwerg mit piepsiger Stimme »Oh, du Fröhliche« intonierte. Anschließend kam ihr Vater ins Bild, der mit ausgebreiteten Armen sagte: »Und nächstes Jahr will ich, dass alle Zwerge im Chor ›O Tannenbaum‹ singen!« Tessa betrachtete ihren Vater, der voller Stolz und Vorfreude war, betrachtete seine leuchtenden Augen, mit denen er sie, Tessa, liebevoll ansah.

Der Film war zu Ende, und Tessa drückte erneut auf »Play« und sah ihn sich wieder und wieder an, als könnte sie das Leben zurückspulen, den Tag, den Zusammenbruch ihres Vaters. Und sie heulte dabei wie ein Schlosshund. Es war unvorstellbar, dass dieser kleine, energische Mann, der so voller Lebensfreude war, dass dieser Mann jetzt völlig regungslos an Maschinen angeschlossen dalag und mit dem Leben – oder sollte man sagen: mit dem Tod? – kämpfte. Tessa zwang sich, den Film nicht noch einmal anzugucken. Sie öffnete auf dem Telefon stattdessen das Menü »Kontakte« und löschte Oles Nummer, alle seine SMS, sein Elvis-Filmchen, alles. Dann war ihr Smartphone gereinigt vom Ole-Virus, das tat gut.

Tessa merkte auf einmal, dass sie hundemüde war. Sie stand auf, ging ins Bad und zog sich anschließend ihren Pyjama-Overall an. Dann machte sie das Licht aus und legte sich hin, in der Hoffnung, wenigstens etwas schlafen zu können nach all den Ereignissen. Und dann tat sie etwas, das sie abends ewig nicht mehr im Bett gemacht hatte. Sie faltete in der Dunkelheit die Hände und sprach still und inbrünstig ein Gebet.

24
27. Dezember

Am nächsten Morgen fuhren Tessa und ihre Mutter zusammen im Passat der Eltern, den Ben am Vorabend noch vom Parkplatz der Turnhalle abgeholt hatte, nach Flensburg in die Klinik. Maren wollte etwas später nachkommen und Susanne am Nachmittag nach der Arbeit. Tessa und ihre Mutter betraten das Einzelzimmer, in dem Willy Gutzeit lag, angeschlossen an lauter Schläuche und an mehrere Maschinen. Er schien zu schlafen, wirkte ruhig, aber auch ganz weit weg. Der Arzt hatte ihnen gesagt, dass man ihn weiterhin beobachten müsse, sein Zustand sei unverändert, sie sollten mit ihm reden, ihn streicheln, das könne auf keinen Fall schaden.

»Schätzchen, ich will noch kurz was in der Stadt besorgen für ihn«, sagte die Mutter. »Ich lass dich mal einen Moment allein mit Papa, dann löse ich dich wieder ab, okay?«

Tessa nickte. Hella Gutzeit verschwand, und Tessa setzte sich auf den Besucherstuhl neben dem Bett. Das Zimmer war schlicht und nicht besonders groß, ein Fenster ließ das Sonnenlicht herein. Es war ein strahlender Tag. Tessa war unsicher, was sie tun sollte, war aber im Grunde ihres Herzens ganz froh, mal einen Moment mit ihrem Vater allein zu sein. Sie kramte aus einer Tasche den Gartenzwerg heraus, den sie gleich am frühen Morgen wieder zusammengeklebt hatte. Man sah zwar die Risse, aber nur wenn man ganz genau hinsah.

»Guck mal, Papa, wen ich dir mitgebracht habe.« Sie stellte den Gartenzwerg auf den Nachttisch. Und dann holte sie ihr Aquarell vom ersten Weihnachtstag aus der Tasche und legte es ebenfalls auf den Nachttisch. »Hier, das schenke ich dir. Du hast dich doch früher immer so über Bilder von mir gefreut. Das ist unser Tannenbaum in Kappeln, den wir beide gemeinsam im Wald geschlagen haben. Du hast dich so gefreut, dass wir das gemacht haben, wie früher. Das war schön!« Sie nahm die Hand ihres Vaters. »Und ich will auch nächstes Jahr ganz bestimmt wieder Weihnachten mit euch feiern, Papa, in Kappeln, mit allem Drum und Dran. Weihnachten in Thailand, das war, ehrlich gesagt, nie mein Ding. Ole wollte das halt so. Ach, Papa, es gibt so vieles, was ich dir noch gern sagen möchte. Du darfst noch nicht sterben. Bitte!«

Es war grauenvoll, dass ihr Vater auf nichts reagierte. Dass er einfach dalag, irgendwo im Zwischenreich zwischen Leben und Tod. Tessa streichelte seine Hand, wie der Arzt es empfohlen hatte. Wie lange hatte sie die Hand ihres Vaters nicht mehr ergriffen, geschweige denn gestreichelt? Warum tat man das nur als Kind oder dann, wenn jemand im Sterben lag? Lag er im Sterben? War das der richtige Ausdruck? Tessa merkte, dass sie sehr vorsichtig sein musste mit den Gedanken und Worten. Koma, das war doch etwas, das nur in Fernsehserien passierte, um künstlich Dramatik zu erzeugen. Koma, das passte überhaupt nicht zu ihrem bodenständigen Vater, dem Handwerker, der in seinem Leben zig verstopfte Rohre von Dreck befreit hatte. Dieses Stillgelegtsein passte nicht zu ihrem immer umtriebigen Vater, der sich stets für seine Familie und Umwelt verantwortlich gefühlt und sich für andere engagiert hatte. Hatte?! Tessa stellte erschrocken fest, dass sie soeben in der Vergangenheitsform an ihren Vater gedacht hatte.

»Papa, ich liebe dich«, hörte Tessa sich plötzlich selbst sagen. Die Worte kamen einfach aus ihr heraus, aus dem Innersten des Inneren. Tränen fielen auf die Bettdecke. Warum hatte sie ihrem Vater das früher nie gesagt? Warum sagte man denen, die man von Herzen liebte, das so selten?

»Guck mal, Papa, ich habe den Zwerg geklebt, man sieht fast nichts mehr und … ach ja …«

Sie holte ihr Smartphone heraus und spielte den Film mit dem singenden Gartenzwerg ab. Vielleicht hörte ihr Vater dort, wo er war, ja doch etwas, und man merkte es ihm nur nicht an.

Es klopfte, und Tessa sagte: »Herein!«

Maren trat ein, schick und duftend wie immer.

»Stör ich?«, fragte sie.

Tessa schüttelte den Kopf.

»Ich konnte einfach nicht mehr in Kappeln rumsitzen.«

»Hier, guck mal«, sagte Tessa.

Maren rückte sich einen Stuhl auf die andere Seite des Bettes, und beide sahen sich, über ihren Vater gebeugt, den kleinen Film an, den Tessa erneut abspielte. Sie mussten dabei gleichzeitig lachen und weinen.

»Papa, wie er leibt und lebt. Kannst du mir den zuschicken?«, bat Maren, und Tessa nickte. Dann nahm jede von ihnen eine Hand des Vaters, und Tessa berichtete, was der Arzt gesagt hatte.

Und so saßen sie da, die beiden Schwestern, in seltener Eintracht. Jede hielt eine Hand, sie sahen aus wie zwei moderne blonde Engel, die Willy Gutzeit dabei Beistand leisteten, zurückzukehren, wo auch immer er gerade war. Es war ganz still im Zimmer, bis auf das leise Rauschen der Geräte, und sie sahen voller Liebe auf ihren Vater. Es war klar, dass sie beide nur einen Wunsch hatten, nämlich dass dieser Mann aufwachte und wieder ihr Vater wurde, mit all seinen Macken und Kanten, seinen Fimmeln, seiner Ungerechtigkeit, seiner Liebenswürdigkeit, seinen kauzigen Erfindungen, seiner Lebensfreude, seiner Großherzigkeit.

»Tessa, es tut mir leid, dass ich dich manchmal zu hart kritisiere. Ich habe gar nicht so viel gegen dich, wie du vielleicht denkst. Es macht mich einfach nur traurig, dass eine so tolle Frau wie du so weit unter ihren Möglichkeiten bleibt.«

Tessa sah Maren an, und es passierte etwas, worüber sie selbst am meisten staunte. Sie hörte Marens Worte nicht als Kritik, sondern als liebevolle Sorge eines Menschen, der wirklich etwas von ihr hielt.

Doch Maren war noch nicht fertig. »Ich weiß, dass ich manchmal undiplomatisch und ungeduldig mit anderen bin und, ja, auch etwas überheblich. Darauf bin ich wahrlich nicht stolz, das kannst du mir glauben. *Ich* würde mich auch nicht gern als kleine Schwester haben wollen!« Sie lächelte Tessa übers Bett hinweg zu.

Tessa erwiderte das Lächeln. Zwischen ihnen war wieder etwas wie schwesterliche Zärtlichkeit und eine ganz große Nähe.

»Ich finde es bewundernswert, wie du deinen Weg gehst«, sagte Tessa. »Zielstrebig, so voller Energie. Und vielleicht freut es dich zu hören, dass ich beschlossen habe, mir beruflich was Neues zu suchen. Ich weiß noch nicht genau, welche Richtung, aber wenn ich was Passendes gefunden habe, werde ich bei *film for kids* kündigen.«

Maren strahlte, dann sahen beide wieder auf den Vater, sorgenvoll.

Da betrat die Mutter das Zimmer, mit einem Miniweihnachtsstern in der Hand, den sie auf dem Nachttisch abstellte. »Er liebt Weihnachtssterne doch über alles.« Hella Gutzeit zog ihren Mantel aus und hängte ihn an den Garderobenhaken an der Tür. »Na, Kinder, wie geht es ihm? Hat er sich irgendwie gerührt?«

Beide Töchter schüttelten den Kopf.

»Auf jeden Fall spürt er, dass wir bei ihm sind, da bin ich ganz sicher«, sagte die Mutter und fügte hinzu: »Dass ihr beide hier seine Hand haltet wie zwei kleine Gutzeit-Engel, das allein dürfte ihn schon wieder wach werden lassen.«

Tessa fand, dass ihre Mutter seltsam überdreht war, und als Hella Gutzeit ihre Töchter bat, sie jetzt mit dem Vater allein zu lassen, hielt sie das für eine gute Idee. Sie hatte ja selbst gespürt, wie wichtig es war, mit dem Vater mal einen Moment allein sein zu können.

»Ihr könnt ruhig zu Ben nach Kappeln zurückfahren, ich melde mich, wenn was ist.«

»Hast du dein Handy auch an, und ist es aufgeladen?«, fragte Maren.

Die Mutter nickte.

Dann gaben Tessa und Maren synchron erst ihrem Vater ein Küsschen auf die Wange, dann ihrer Mutter, die ihnen erstaunt hinterhersah, als sie das Zimmer verließen.

Kaum waren Maren und Tessa auf dem Flur, kam ihnen ein anderer, etwas älterer Arzt entgegen, gemeinsam mit dem behandelnden Arzt, den sie schon kannten, und einer Krankenschwester. Sie grüßten einander, dann verschwanden die drei im Zimmer des Vaters. Tessa und Maren blieben stehen.

Kurz darauf wurde ihre Mutter auf den Flur geschickt. »Visite. Ein Herzspezialist guckt sich die Sache jetzt an, Dr. Petersen. Hat wohl eigentlich Weihnachtsferien.«

»Sollen wir mit dir warten?«, fragte Tessa.

»Nee, Kinners, fahrt man. Ich rufe an, sobald es Neuigkeiten gibt.«

Als die beiden Schwestern vor der Klinik standen, flogen Möwen am Himmel über der Förde. »Komm, lass uns noch etwas am Hafen spazieren gehen«, schlug Maren vor, und Tessa nickte und hakte sie ein.

25

Als Maren und Tessa im BMW auf die Auffahrt fuhren, standen in der Garage zwei kleine Kinderfahrräder, eines blau, das andere mintgrün, mit bunten Aufklebern. Ein Pappschild, »Für Herrn Gutzeit, Flüchtlingshilfe«, war am Lenker des blauen Rades befestigt, und Tessa musste schlucken, als sie das sah. Ihr fiel das strahlende Gesicht ihres Vaters wieder ein, als ihm die Räder Heiligabend am Glühweinstand angeboten wurden. Man sah ihm schon die Vorfreude an, die Räder an die Flüchtlingskinder weiterzuverschenken. Tessa und Maren sahen sich nur an, und Tessa vermutete, dass ihre Schwester etwas Ähnliches wie sie dachte. Dass da jemand im Koma lag, der diese Räder organisiert hatte und vielleicht nicht mehr derjenige sein würde, der sie weiterleiten konnte.

Als die beiden das Haus betraten, kam Ben gleich herunter und wollte wissen, wie es dem Vater ging.

Nachdem ihm Maren Bericht erstattet hatte, fragte er: »Schatz, ist es auch wirklich okay für dich, wenn ich heute Abend fliege?«

»Ben, du kannst deine New Yorker nicht im Stich lassen, und wir schaffen das hier auch ohne dich.« Stolz wandte sich Maren an Tessa: »Ben ist als einziger Europäer bei einem Megaberatungsprojekt dabei, das ist seine ganz große Chance!«

»Aber wenn es deinem Vater viel schlechter geht oder er zu sterben droht, dann rufst du mich sofort an, versprochen?«

Maren nickte, und beide küssten sich. Ihr Streit vom Vortag war offensichtlich bereinigt.

Tessa hatte Hunger und schnitt sich in der Küche vom Stollen ihrer Mutter zwei Scheiben ab, strich dick Butter drauf, da klingelte das Telefon. Tessa lief hin, Maren folgte ihr.

Die Mutter war dran. Tessa lauschte in den Hörer, was sie zu berichten hatte, dann sah sie Maren strahlend an. »Ja, ja, oh, wie toll, Mama! Alles klar.«

Tessa legte auf. Ben stand nun auch bei ihr. »Er ist vor einer halben Stunde aus dem Koma aufgewacht, und es geht ihm relativ gut. Er ist noch schwach, aber er scheint keine bleibenden Schäden zu haben. Wahnsinn, oder?«

»Gott sei Dank!«, rief Maren und umarmte Tessa, und diese erwiderte die Umarmung, und sie drückten sich so liebevoll und innig, dass sogar Ben sein Erstaunen nicht verbergen konnte. Dann umarmte Ben sie beide, weil auch er erleichtert war, und so standen sie da und umarmten sich alle drei vor Freude, und erst der winselnde Hund neben ihnen, dem das alles zu viel wurde, riss sie wieder aus dem Taumel.

»Ja, Kata, ich geh gleich mit dir raus«, sagte Tessa und streichelte den Hund. Aber erst mal musste sie zwei Scheiben Stollen mit dick Butter verdrücken. Ihr Vater war wieder aufgewacht, ihr Vater lebte!

Tessa biss herzhaft in den Stollen. Er hatte ihr noch nie so gut geschmeckt.

Kurz darauf – sie hatte sich Bens Auto geliehen – fuhr Tessa auf den kleinen Parkplatz in Kronsgaard und stieg mit Kata aus. Sie leinte den Hund an und ging direkt runter zum Strand. Es dämmerte schon etwas. Die Ostsee lag grünblau vor ihr, und es roch sehr intensiv nach dem feuchten Sand. Tessa marschierte los, es war weit und breit niemand zu sehen. Sie ließ den Hund von der Leine, und sie gingen immer am Ufersaum entlang Richtung Falshöft. Tessa hatte ihre warme Daunenjacke an und gegen den Ostwind ihren Beanie auf dem Kopf. Sie atmete die Meeresluft ein, die ihr immer so guttat, und sammelte die eine oder andere Muschel auf. Der Hund lief ein paar Schritte voraus, kam dann wieder zurück zu ihr. Tessa spürte den Sand unter den Schuhen, das leichte Einsacken, das das Gehen beschwerlich machte. So ging sie einfach geradeaus und vergaß die Zeit, wie immer, wenn sie hier war. Doch als sie sah, wie der Himmel sich verfärbte, beschloss sie, lieber umzudrehen, bevor es ganz dunkel wurde. Sie machte kehrt und wanderte zurück, den Blick immer auf das Meer und den Horizont gerichtet. Als Kind hatte sie versucht, sich vorzustellen, wie das Leben da drüben hinterm Horizont wohl so war und ob die Kinder dort auch gern Süßigkeiten aßen und Fernsehen sahen. Tessa musste schmunzeln. Dabei lag da Dänemark, und die Dänen waren weiß Gott keine Außerirdischen, wie sie dann später feststellen musste, als sie dort zum ersten Mal Urlaub machten.

Die letzten Sommer hatte sie hier am Strand manchmal dänisches Netz bei ihrem Mobilfunkanbieter gehabt. Apropos Telefon. Sie musste die nächsten Tage unbedingt Nadja anrufen, die wieder in Berlin war, und fragen, wie es mit Arne lief. Und sie musste Sven Bescheid geben wegen ihres Vaters. Dabei fiel ihr ein, dass sie seine Nummer nicht hatte. So beschloss sie zurückzufahren, noch einen kleinen Spaziergang mit Kata durch Kappeln zu machen und ihm einen kurzen Besuch abzustatten. War doch ein schöner Vorwand.

Tessa merkte, wie gut ihr die Bewegung tat. Sie war so erleichtert, dass ihr Vater aufgewacht war. Sie konnte es selbst kaum glauben, aber seit langer Zeit fing sie mal wieder an, einfach so zu singen, und zwar alles durcheinander: Schlager, Volkslieder, Kinderlieder, Weihnachtslieder. Statt mit Ole auf Ko Samui in bunte Tücher gehüllt am Strand zu chillen, ging sie in einer dicken Daunenjacke allein an der Ostsee spazieren und sang laut gegen den Ostwind an. Es war ihr selten so gut gegangen.

Tessa brachte das Auto zurück und verabschiedete sich von Ben. Maren fuhr ihn nach Kiel, wo der Flughafenbus nach Hamburg abfuhr. Sein Flug nach New York ging um dreiundzwanzig Uhr.

Es war inzwischen später Nachmittag und ganz dunkel, und Tessa schnappte sich wieder den Hund, der sich schon zu wundern schien, wie oft sie an diesem Tag mit ihm rausging. Sie spazierte mit ihm Richtung Innenstadt, die wunderschön war mit ihrer Weihnachtsbeleuchtung, dann machte Tessa wieder ihren Bogen am Hafen und ging dieses Mal in die andere

Richtung weiter, wo das Bootshaus war. Je näher sie kam, desto heftiger schlug ihr Herz. Ob Sven überhaupt da war? Aber dann sah sie Licht, und das Haus wirkte schon von weitem so gemütlich und einladend. Ihr fiel wieder die schöne Nacht mit Sven ein, ihre Unbeholfenheit und Unsicherheit am nächsten Morgen. Sie war ziemlich überfordert gewesen. Tessa nahm sich fest vor, Sven wirklich nur die gute Nachricht von ihrem Vater zu überbringen und nicht lange bei ihm zu bleiben. Da hörte sie eine wunderbare Melodie aus dem Bootshaus, Trompete. Es war eine Melodie, die melancholisch, sehnsuchtsvoll klang und doch auch etwas Zuversicht ausstrahlte. Dann verstummte sie, doch in der Pause klang sie für Tessa nach. Anschließend ertönte die Melodie erneut, aber nun mit einem anderen Schluss, einem Schluss wie ein Fragezeichen. Inzwischen stand Tessa mit Kata vor dem Bootshaus und sah durchs Fenster, wie Sven Trompete spielte, absetzte, am Tisch auf einem Zettel etwas notierte, dann weiterspielte, ein paar Tonfolgen, dann wieder unterbrach. Er schien zu komponieren. Sie ging an den kleinen Steg, der zum Bootshaus führte, und klingelte an einer Schiffsglocke, kurz darauf stand Sven in der Tür.

Er lächelte, als er sie sah. »Tessa, das ist ja eine schöne Überraschung! Komm doch rein!«

»Hallo, Sven. Du, ich will nicht stören, wollte dir aber unbedingt Bescheid sagen, dass mein Papa aus dem Koma erwacht ist. Er ist zwar noch schwach, aber wird wohl keine bleibenden Schäden davontragen.«

»Das sind aber gute Nachrichten! Grüß ihn bitte herzlich, wenn du ihn wieder besuchen fährst.«

Kata neben Tessa wedelte mit dem Schwanz, als wenn sie Sven mochte. Er streichelte den Hund.

»Habe dich gerade gehört«, sagte Tessa. »Diese Melodie, die mit so einem Fragezeichen endet, war schön.«

»Gefällt sie dir? Ist ein ganz neues Stück. Und eine gewisse Person ist nicht ganz unschuldig an meinem Kreativitätsschub.« Er sah Tessa tief in die Augen.

Sie lächelte geschmeichelt. »Dann will die Muse ganz schnell wieder abhauen, aber nicht ohne vorher noch ihren Kuss loszuwerden.« Sie umarmte ihn, und sie küssten sich so innig und so von Herzen, dass Tessa ganz schwindelig wurde. Es war diese Sorte Kuss, bei der sich nicht nur die Lippen berühren, sondern auch die Seelen.

»Wow. Das war jetzt aber ein echter Musenkuss, der wird mich beflügeln«, grinste Sven.

Tessa erkannte in dem Grinsen sein Wesen, ein Grinsen, das sie schon durch die ganze Schulzeit begleitet hatte. Sie erinnerte sich plötzlich, dass sie, wenn sie sich im Unterricht eine Portion gute Laune abholen wollte, immer Sven Matthiesen angesehen hatte, der ihr treu und zuverlässig stets dieses Grinsen entgegengebracht hatte. Sein Grinsen zeigte seine Haltung der Welt gegenüber, sein Verstehen, seine Warmherzigkeit, seinen etwas schrägen Humor. Wenn er es schaffte, das in Musik zu übersetzen, dann würden es richtig coole und erfolgreiche Lieder, dessen war Tessa sich sicher.

Kata leckte Tessa die Hand, als wollte sie sie daran erinnern zu gehen.

»Dann noch frohes Schaffen!«, sagte Tessa, und Sven winkte ihr hinterher, mit einem Blick, der Tessa noch den ganzen Abend über wärmen sollte.

26

Als Tessa nach Hause kam, war niemand da. Maren war noch nicht aus Kiel zurück, und ihre Mutter schien immer noch in Flensburg beim Vater zu sein. Vielleicht war sie auch noch bei Susanne. Tessa setzte sich Teewasser auf, da klingelte es an der Haustür.

Elke stand da. »Tessa, Moin. Du, deine Mutter hat mich angerufen, sie ist noch bei Susanne, aber kommt bald. Sie hat dich nicht erreicht.«

»Willst du nicht reinkommen?«, fragte Tessa. »Ich mach mir gerade einen Tee.«

»Ja, gern«, sagte Elke und strahlte über die Einladung. Sie war da drüben in ihrem Haus doch offensichtlich etwas einsam.

»Wann kommen Melanie und die Kinder aus Gran Canaria zurück?«, erkundigte sich Tessa.

»Übermorgen.« Elke strahlte wieder. »Hatten aber schlechtes Wetter, und Melanie hat gesagt, das macht sie nie wieder, Weihnachten auf den Kanaren oder anderswo. Regen, volles Hotel mit schlecht gelaunten Gästen, und das alles zu überteuerten Preisen. Und die Kinder haben die ganze Zeit von Weihnachten in Kappeln geredet und ihre Omi Elke und den Tannenbaum vermisst.«

Elke grinste schadenfroh und schien glücklich darüber, dass sie jetzt die nächsten Jahre wieder ganz normal mit ihrer Familie feiern konnte. Sie standen in der Küche. Tessa bereitete eine große Kanne Kräutertee zu und füllte damit zwei Becher.

Elke setzte sich auf die Küchenbank. »Mensch, ist das ein Glück mit Willy! Deine Mutter sagt, er ist zwar noch schwach, aber hat dem Arzt schon einen Witz erzählt.« Sie kicherte. »Typisch Willy. Willst du wissen, welchen?«

Tessa nickte neugierig. Sie hatte sich Elke gegenübergesetzt.

»Warum kommt ein Handwerker nicht in den Himmel?« Elke machte eine Kunstpause. »Weil er die Anfahrt berechnet!« Und sie warf sich weg mit ihrem typischen Elke-Lachen, und Tessa lachte ebenfalls, aber mehr noch über die Tatsache, dass ihr Papa kurz nach dem Aufwachen aus dem Koma gleich diesen Witz erzählte.

Tessa nahm einen Schluck von dem Tee, der guttat. Es war ein Moment der Stille und Tessa wusste nicht, woher die Frage kam, die sie Elke in diese Ruhe hinein stellte. »Sag mal, Elke, hast du meine Tante Theresa eigentlich gekannt?«

Elke sah sie erstaunt an, nickte. »Ja klar, wir waren in der Realschule zusammen in einer Klasse und haben danach beide bei Liening gelernt.«

Liening war eine Bekleidungsfirma in Kappeln, in der Theresa nähen gelernt hatte, daran erinnerte sich Tessa noch.

»Theresa war was ganz Besonderes. Bildhübsch, so wie du, auch mit diesen grünbraunen Augen, nur mit etwas mehr Locken. Ach, und was hatte sie für Flausen im Kopf! Sie träumte davon, nach Paris zu gehen und dort Mode zu studieren. Ich meine, wir konnten kaum Englisch, geschweige denn ein Wort Französisch. Ständig blätterte sie in irgendwelchen Modezeitschriften aus dem Ausland. In ihrer Freizeit entwarf sie neue Kleider, sie war ständig am Zeichnen und nähte sie dann auch. Und für die Stoffe fuhr sie extra nach Hamburg – per Anhalter, weil ja das Geld immer knapp war. Sie war ein Wildfang, überhaupt nicht zu bändigen, sehr zum Ärger ihrer Mutter, deiner Großmutter. Die wollte nach der Flucht so gern hier in Kappeln zur Gemeinschaft dazugehören, aber Theresa machte immer, was sie wollte, und nie das, was von ihr erwartet wurde. Sie war hier ziemlich oft Stadtgespräch, das kannst du mir glauben. Und das machte deine Großmutter ganz fuchsig. Theresa war ja ihre einzige Tochter.«

Tessa hörte zu und fragte sich, warum so wenig über Tante Theresa in der Familie gesprochen wurde. Immer wenn die Töchter früher nachfragten, wurde das Thema ziemlich schnell abgewürgt.

»Na ja, war schon tragisch mit dem Autounfall. In einem roten Karmann-Ghia von ihrem Freund … oder sagen wir Liebhaber.«

Tessa horchte auf. Das war neu. Von einem Karmann-Ghia und einem Lover hatte sie noch nicht gehört.

»Tante Theresa hatte einen Liebhaber?«

»Na ja, er war wohl ihre große Liebe und sie auch seine, aber seine Eltern waren dagegen, dass er ein Flüchtlingsmädchen heiratet. Das waren die von Trenckersdorff von einem Gut drüben in Schwansen. Moment mal, wie hieß der noch … Veit von Trenckersdorff, ganz schicker Typ, alle Mädchen haben für den geschwärmt. Aber verliebt hat er sich bei einem der Hausbälle in Theresa. Sah aus wie James Dean, in der Einmeterneunzig-Variante.«

»Und dann? Wie ging es weiter?«

»Na ja, er durfte sie nicht heiraten, obwohl er so gern wollte. Seine Eltern drohten, ihn zu enterben, er war ja der Älteste und sollte auch das Gut übernehmen. Theresa war nicht nur nicht standesgemäß, sondern hatte eben auch diesen Ruf, der ihr vorauseilte. Einem Mädchen, das etwas Spaß haben wollte, wurden halt auch schnell andere Dinge unterstellt, weißt du? Dabei war Theresa einfach nur eigen, sie machte, was sie wollte, ging nachts nackt in der Ostsee baden, wenn ihr danach war. Sie fuhr auf ihrer Vespa herum, das war damals für ein Mädchen auch nicht üblich.«

»Warum hat mir das nie jemand erzählt?«, wunderte Tessa sich. Sie musste fünfunddreißig Jahre alt werden und mit Elke bei einem Tee alleine mal klönen, um all das zu erfahren. »Ihr Unfall ist doch in einer Kurve auf der Schleidörferstraße passiert, oder? Da soll sie bei Glatteis gegen einen Baum …«

»Beide zusammen, er ist ja gefahren.«

»Veit ist auch gestorben?«

Elke nickte. »Ein Ende wie James Dean, nur mit einem Mädchen auf dem Beifahrersitz, eben Theresa.«

Auch das war neu. Es hatte sonst immer bloß geheißen, ihre Tante sei bei einem Autounfall gestorben.

»Ach, Kinners, nee, was wurde damals über die

Sache geredet, das Ganze war wochenlang Thema Nummer eins.«

Theresa und Veit, mitten aus dem Leben gerissen. Tessas Tante war einundzwanzig, als sie starb. Tessa hörte den BMW auf der Auffahrt, Maren war aus Kiel zurückgekommen. Kurz darauf betrat sie das Haus. Elke trank ihren Becher leer und stand auf. Sie nahm Tessa in den Arm und drückte sie.

»Danke, dass du mir das erzählt hast«, murmelte Tessa.

Elke streichelte ihr über den Rücken. »Bist 'ne ganz Liebe.«

Sie traten in den Flur.

»Moin, Maren«, sagte Elke.

»Hallo, Elke! Schon am Gehen?«

»Ja, ich will noch im Fernsehen den Jahresrückblick sehen.« Mit einem »Tschüss, Kinners!« schloss sie die Haustür hinter sich.

»Mama ist noch bei Susanne, kommt aber sicher bald«, sagte Tessa. »Magst du einen Kräutertee?«

Maren nickte. »Und ein Schwarzbrot mit Käse. Wie früher!«

Kurz darauf saßen die beiden Schwestern im Wohnzimmer. Sie hatten noch mal Kerzen an den Tannenbaum gesteckt und angezündet, sich gemütlich aufs Sofa gefläzt, tranken ihren Tee und aßen das leckere, berühmte »Korn-an-Korn« von einer Kappler Bäckerei, ein Schwarzbrot, das, so vermutete Tessa, alle Zurückgekehrten bei ihren Eltern bestellten. »Korn-an-Korn«, das schmeckte nach Zuhause, nach Kappeln.

Als sie fertig waren, räumte Tessa die Teller in die Küche und holte auf dem Rückweg aus dem Wohnzimmerschrank die ganz alten Fotoalben der Familie heraus, die aus den 1950er und 1960er Jahren, immer schön ordentlich von der Großmutter gepflegt und fein säuberlich beschriftet.

Während sie gemeinsam darin herumblätterten, erzählte Tessa ihrer kleinen Schwester, was sie soeben von Elke erfahren hatte, und Maren hörte gespannt zu.

Da war sie, die Tante, im gepunkteten Sommerkleid, dessen Farbe man leider nicht erkennen konnte, da die Bilder schwarz-weiß waren. Da saß Theresa auf einer Vespa, offensichtlich ihrer eigenen. Sie hatte nach ihrer Ausbildung in Kappeln in einem Modeatelier in Schleswig gearbeitet. Theresa war immer extrem schick, aber dabei lässig in ihrer selbstgeschneiderten Garderobe. Tellerröcke wirbelten herum auf den Bildern, Petticoats waren zu sehen, auch mal ein Kostüm, mal trug sie einen Hut, mal ein Kopftuch. Auf einem Foto war sie in einem superschicken Abendkleid zu sehen, rückenfrei. Tante Theresa war stets ein Hingucker. Tessa konnte sich gut vorstellen, wie diese Frau nachts noch mit ihrer Vespa an den Strand fuhr zum Baden, alle ihre Hüllen im Sand fallen ließ, in die Fluten sprang und auf ihre Frisur keinerlei Rücksicht nahm. Ein Strandfoto gab es auch, von Theresa mit ihrem großen Bruder Willy, Arm in Arm die beiden, sie größer als er. Von wegen »kleine Schwester«.

»Guck mal, wie klein Papa ist, kleiner als seine kleine Schwester.«

Da fielen hinten aus dem Album ein paar lose Blätter heraus. Mit Bleistift vorgezeichnete Entwürfe von Kleidern, mit Buntstift ausgemalt, liebevoll, wie von Zauberhand hingeworfen. Doch Tessa sah die Perfektion. Ein Brautkleid war auch dabei, und beide Schwestern starrten es an.

»Ob sie das für sich selbst entworfen hat?«, fragte Tessa.

»Aber sie durften doch nicht heiraten«, erwiderte Maren.

»Vielleicht hat sie es einfach trotzdem entworfen, weil man ihr das nicht nehmen konnte«, überlegte Tessa laut. »Oder sie hatte doch noch die Hoffnung, dass seine Eltern irgendwann einwilligen würden.« Auf einmal hob Maren den Blick vom Fotoalbum und blickte Tessa mit leuchtenden Augen an. »Weißt du was? Das nehme ich als Vorlage, ich will mir doch auch ein Kleid schneidern lassen. Der Entwurf ist einfach wieder sagenhaft modern. Zeitlos schön.«

Tessa hatte Tränen in den Augen. Es rührte sie, dass der Entwurf ihrer Tante im Juli an ihrer wunderschönen kleinen Schwester verwirklicht werden würde und dass Theresa dadurch wieder ein kleines bisschen zurück in die Familie kam. Sie war so lange totgeschwiegen worden, aber jetzt würde ein Entwurf von ihr aus dem Jahr 1966 an einer ihrer Nichten im wahrsten Sinne zum Tragen kommen.

»Das ist eine tolle Idee!«, sagte Tessa.

Sie hörten den Schlüssel im Haustürschloss und die Mutter zurückkehren. Hella Gutzeit trat ins Wohnzimmer, sah lächelnd auf ihre beiden Töchter, die da in ungewohnter Innigkeit auf dem Sofa in Fotoalben blätterten.

Die Töchter klappten das Fotoalbum zu und sahen ihre Mutter an. Tessa fragte: »Und? Wie geht es Papa?«

»Den Umständen entsprechend, noch schwach, aber schon wieder ganz er selbst.« Die Mutter setzte sich in den Sessel, sah ihre beiden Töchter an. »Also, dieser Doktor Petersen hat da heute früh was umgestellt in der Medikation, und zwei Stunden später ist Willy aufgewacht, und sein Herz schlug wieder regelmäßig. Das war wie ein Wunder. Die Oberschwester hat mir erzählt, dass Petersen eine Koryphäe ist als Kardiologe und ihn irgendjemand überredet haben muss, seine Weihnachtsferien heute zu unterbrechen, um nach Papa zu schauen. Wenn ich nur wüsste, wer das gewesen ist!«

Alle drei sahen sich verwundert an, zuckten mit den Schultern.

»Na ja, auf jeden Fall ging es eurem Vater im Lauf des Nachmittags immer besser, er hat auch Susanne gleich erkannt und sich gefreut, sie zu sehen.«

Sie blieben noch zu dritt etwas im Wohnzimmer sitzen, dann ging die Mutter zu Bett, und Tessa und Maren gingen nach oben. Dort machten sie etwas, das sie ewig nicht mehr gemacht hatten: Sie putzten sich gemeinsam die Zähne. Tessa staunte, wie gekonnt Maren sich mit lauter kleinen, verschiedenfarbigen Bürstchen die Zahnzwischenräume reinigte. Tessa selbst benutzte nur Zahnseide, aber wenn sie ehrlich war, auch nicht jeden Abend.

Als Tessa sich noch kämmte, setzte Maren sich auf den Rand der Badewanne und hatte auf einmal wieder diesen Blick, den Tessa die letzten Tage immer wieder zwischendurch für Sekunden wahrgenommen hatte.

»Weißt du, Ben und ich, wir verhüten seit über einem Jahr nicht mehr. Aber es klappt und klappt einfach nicht mit dem Schwangerwerden …«

»Das tut mir leid«, sagte Tessa und verstand jetzt auf einmal, warum ihre Schwester bei dem Thema Enkel und Kinderkriegen die letzten Tage immer so emotional reagiert hatte.

Maren liefen Tränen über die Wangen, sie wirkte sehr verzweifelt. »Ich wollte jetzt, wo ich in der Firma gut im Sattel bin, das erste Kind und dann in drei Jahren das zweite, und wir haben bis dahin auch genug gespart für eine größere Wohnung, die wir uns kaufen wollen, damit die Kinder Platz haben, ja, wir haben sogar schon eine Schule im Auge, die Europaschule … und dann … dann kommen so ein dämliches Ei und so eine bescheuerte Samenzelle einfach nicht zusammen, und du merkst plötzlich, da gibt es ein paar Dinge im Leben, die du nicht so einfach machen kannst, nicht steuern, nicht kontrollieren, die außerhalb deiner Macht liegen. Klar, wir können mit künstlichen Methoden nachhelfen, aber mein Frauenarzt sagt, so weit ist es bei uns noch nicht. Erst mal sollen Ben und ich es noch etwas versuchen, ein Jahr sei nichts, solange warten auch andere. Das sei der Stress, manchmal sehen wir uns ja auch tagelang nicht, weil wir beide viel unterwegs sind, und dann passt es wieder mit dem Eisprung nicht. Weißt du, es verändert auch das Liebesleben total, auf einmal geht es nicht mehr ums Liebemachen, sondern immer nur ums Kindermachen. Ben ist schon ganz nervös.«

Tessa ging zu ihr, setzte sich auf den Badewannenrand, wo früher öfter mal ein schwesterliches Problem erörtert wurde, und legte den Arm um Maren.

»Neulich bin ich ihm nach London hinterhergeflogen für eine Nacht, weil ich gerade den Eisprung hatte, wie verrückt ist das denn?! Und draußen war schönster Novembernebel vor dem Hotel und Ben so überfordert, dass er in der Nacht gar nicht konnte.« Darüber musste jetzt sogar Maren schmunzeln.

»Ich kenne wirklich viele Paare in unserem Alter, bei denen es nicht auf Anhieb geklappt hat«, sagte Tessa. »Aber dann plötzlich eben doch, oft wenn sie ein bisschen losgelassen haben und wieder etwas lockerer bei der Sache wurden.« Sie strich Maren übers Haar, und diese nickte zustimmend.

»Bei dir und Ole, waren da Kinder nie Thema?«

»Doch, aber er zog nie so richtig mit, hat mich im Grunde ein bisschen hingehalten. Na ja, ist sicher besser so.«

»Tessa, du bist fünfunddreißig, da kann noch viel passieren.«

»Weißt du noch, wie wir mit Mama früher zum ersten Advent immer Braune Plätzchen gebacken haben, sie und wir drei in der Küche?«, fragte Tessa ihre Schwester. Maren nickte lächelnd.

»Da haben wir immer gesagt«, fuhr Tessa fort, »dass wir das später mit unseren Kindern auch machen wollen.«

»Soll ich dir was verraten?«, fragte Maren. »Ich mag Braune Plätzchen eigentlich gar nicht so gern.«

Sie lachten, dann standen sie auf und gingen auf ihre Zimmer, nicht ohne sich vorher noch einen Gutenachtkuss gegeben zu haben. So wie früher, als sie noch klein waren und manchmal gemeinsam in einem Bett geschlafen hatten. Tessa erinnerte sich, dass sie und Maren auch durchaus innige Momente gehabt hatten, dass da nicht immer nur Konkurrenz gewesen war. Die letzten Jahre hatten die anderen Erinnerungen, die schönen, verdrängt.

Als Tessa in ihrem Bett lag, gingen ihr Marens Worte vom Badewannenrand noch durch den Kopf und dann all das, was sie heute über ihre Tante Theresa erfahren hatte. Schade, dass sie sie nicht kennengelernt hatte. Und dann musste sie noch einmal an das Lächeln von Sven denken und den schönen Kuss, und sie hörte wieder seine Melodie, dieses Fragende, und war glücklich, dass sie es war, die ihn zum Komponieren gebracht hatte. Und über diesen Gedanken schlief sie irgendwann ein.

27
28. Dezember

Am nächsten Morgen lieh sich Tessa das Auto ihrer Eltern. Die Mutter würde später mit Maren gemeinsam nach Flensburg fahren, und sie würden sich dort treffen. Tessa fuhr als Erstes in die Kappler Innenstadt, parkte am Rathaus und besorgte im Blumenladen einen schönen Strauß weißer Rosen, dann ging sie auf der gegenüberliegenden Straßenseite zum Haupteingang des Friedhofs. Der Friedhof war weitläufig und wunderschön. Eine Allee mit alten Bäumen säumte den Hauptweg. Tessa wusste noch, wo das Grab ihrer Großmutter lag, und dort war auch Tante Theresa begraben. Der Großvater war im Krieg verschollen, irgendwo an der Ostfront. Man hatte nie mehr was gehört.

Es war blauer Himmel, und der eisige Ostwind fegte durch Tessas Haare, sie hatte ihre Mütze zu Hause vergessen.

Da war der Grabstein, auf dem ganz oben die Inschrift von Theresa stand: »Theresa Gutzeit, geboren 20.8.1945 in Kappeln, gestorben 3.3.1967 ebd.«

Tessa blickte auf das Datum, einundzwanzig Jahre alt, damals war man damit gerade volljährig, und Theresa hatte noch so viel vorgehabt. So schnell konnte das Leben vorbei sein.

Die Großmutter war nach dem Tod der Tochter nie mehr froh geworden, und Tessa hatte sie nur noch als verhärmte, abweisende alte Frau kennengelernt, die zu keiner ihrer Enkeltöchter eine innige Beziehung aufbauen konnte. Sie starb, als Tessa zehn war.

»Elisabeth Gutzeit, geboren 4.5.1919 in Königsberg, gestorben 12.11.1990 in Kappeln«

Tessa legte die Blumen vor dem Grabstein auf die Seite, wo Theresa lag, und gedachte für ein paar Momente ihrer Tante. Sie fand es nicht in Ordnung, dass man Theresa so lange totgeschwiegen hatte. Sie wollte mehr wissen über diese Tante, mehr als dass sie, Tessa, ihr ähnlich sah. Das war ihr zu wenig. Sie wollte wissen, wie die Tante war, was sie gedacht, gemacht hatte, was ihre Träume gewesen waren, sie wollte auch mit dem Vater gemeinsam um Theresa trauern. Tessa nahm sich fest vor, mit ihrem Vater über Theresa zu reden, sobald er wieder richtig gesund war. Ihr fiel ein, dass er im Wald am Heiligmorgen ja schon damit angefangen hatte. Vielleicht war es für ihn auch wichtig, endlich, nach all den Jahren mal von seiner Schwester erzählen zu dürfen.

Dann drehte Tessa sich um, ging die Allee zurück und ließ die Toten hinter sich.

Eine Stunde später saß sie am Bett ihres Vaters, der zwar immer noch an viele Schläuche angeschlossen war, aber schon aufrecht im Bett saß. Die Visite lag gerade hinter ihm und er konnte ihr auch schon davon erzählen, wenn auch noch mit etwas schwacher Stimme. Tessa setzte sich auf den Stuhl neben das Bett, nahm wieder die Hand des Vaters, was diesen riesig zu freuen schien. Sie war so dankbar, dass sie das Gleiche, was sie gestern getan hatte, nun heute mit dem aufgewachten Vater tun konnte und er es wahrnahm. Was für ein Geschenk! Tessa war so glücklich, wie ihr Paps da im Krankenhausnachthemd saß und sie anstrahlte. Er war blass, und man merkte ihm an, dass ihm das Geschehene noch in den Gliedern steckte.

»Papa, es ist so schön, dass es dir wieder bessergeht. Du hast uns einen ganz schönen Schrecken eingejagt.«

Er lächelte. »Danke für das Bild vom Tannenbaum.«

»Gern!«

»Das bringt doch noch etwas Weihnachtsstimmung hier in die Bude. Da guck ich richtig gern drauf.«

Tessa sah auf ein paar Gerbera, die ihm vermutlich Susanne gestern Nachmittag mitgebracht hatte. Sie brauchten dringend frisches Wasser. »Ich erneuere mal das Wasser der Blumen.« Sie nahm die Vase und trat auf den Flur, suchte die Toiletten. Dabei kam sie am Aufenthaltsraum des Pflegepersonals vorbei. Die Tür stand halb offen, und Tessa hörte nur, wie die eine Krankenschwester zur anderen sagte:

»Petersen hat gesagt, er konnte seinem Patenjungen den Wunsch nicht abschlagen, der hätte ihn noch nie im Leben um etwas gebeten.«

»Tja, da hat der arrogante Sack doch mal das Herz am rechten Fleck. Wer hätte das gedacht? Unser Mister Herzspezialist.«

»Ich dachte«, sagte die andere, »mich trifft der Schlag, als er auf einmal hier auftauchte. Ohne ihn hätte Gutzeit das vielleicht nicht geschafft.«

Tessa ging nachdenklich weiter. Das war wirklich seltsam, dass der Kardiologe trotz Weihnachtsurlaubs gekommen war. Sein Patenjunge, wer konnte das sein? Wen kannten sie, der sich so für ihren Vater einsetzen würde und der vor allem gewusst hatte, was passiert war? Vermutlich jemand, der auch in der Turnhalle beim Spiel dabei gewesen war. Auf einmal hatte Tessa einen Verdacht, und ihr Herz machte einen Sprung.

Später waren auch Maren und die Mutter da, und mittags bummelte Tessa noch mit Maren durch die Flensburger Innenstadt, um ihre Eltern allein zu lassen. Nachmittags wollte noch Susanne mit Ede und Stella vorbeikommen, und das war dann auch mehr als genug Besuch für ihren Vater.

Tessa fuhr bei Maren im Auto wieder mit nach Kappeln zurück. Der Dialog der beiden Krankenschwestern im Aufenthaltsraum ging ihr nicht aus dem Kopf. Sie wollte Sven gern fragen, ob er der Patensohn von Dr. Petersen war und um den Gefallen gebeten hatte. Und wenn ja, wollte sie sich bei ihm bedanken. Sie beschloss, einen Kuchen zu backen und später am Nachmittag zum Bootshaus zu gehen und ihm den vorbeizubringen.

Als sie das Haus am frühen Nachmittag wieder betraten, lag Kata auf den Hausschuhen von Willy Gutzeit unterm Küchentisch. Sie schien ihr Herrchen sehr zu vermissen.

»Ich gehe mal mit ihr spazieren. Kommst du mit?«, fragte Maren.

Tessa schüttelte den Kopf. »Ich will einen Kuchen backen.«

Maren zog los, und Tessa suchte in der Küche das Buch mit den Backrezepten. Bald darauf schmiss und rührte sie alles zusammen, und wenig später duftete die Küche nach Kuchen. Wie gern hatte sie früher immer gebacken, und wie lange hatte sie das nicht mehr getan! Ole hatte sich nie viel aus Kuchen gemacht.

Tessa hatte das Radio aufgedreht und tanzte förmlich durch die Küche. Sie war so glücklich wie lange nicht mehr. Ihr Vater war wieder aufgewacht, sie war die Muse eines Musikers, dem sie gleich einen Kuchen vorbeibringen und mit dem sie gemeinsam ein Stück essen würde, gemütlich auf dem Sofa mit Schleiblick in seinem Bootshaus. Sven Matthiesen, der Mann, der so gut tanzen und küssen konnte, der wusste, wie Frauen tickten, der ein ganz wunderbarer Mensch war und vermutlich den rettenden Engel gesandt hatte.

Tessa sah im Ofenfenster den Kuchen allmählich Farbe annehmen. Sie räumte noch die Spülmaschine aus und sortierte alles in die Schränke ein, dann fegte und wischte sie die Küche und machte alles blitzblank, damit ihre Mutter sich freute, wenn sie wiederkam.

Eine Stunde später, es war bereits wieder dunkel, ging Tessa mit dem noch warmen Kuchen in den Händen zu Fuß Richtung Hafen und steuerte auf das Bootshaus zu. Doch sie ahnte es schon von weitem, und es bestätigte sich beim Näherkommen: Es war niemand da. Alles dunkel, selbst die Weihnachtsbeleuchtung außen war ausgeschaltet, und das so festlich erleuchtete Bootshaus, in dem sie eine denkwürdige

Nacht erlebt hatte, war verwaist und wirkte ohne Sven fast abweisend. Sie hatte auch keinen Stift und kein Papier dabei, um Sven eine Nachricht zu hinterlassen. Wie dumm von ihr, dass sie ihn am Vortag nicht nach seiner Telefonnummer gefragt hatte. Den Kuchen einfach vor die Tür stellen mochte sie nicht. Es konnte ja auch gut sein, dass Sven mehrere Tage weg war.

Tessa war enttäuscht, sie hatte sich schon so auf Svens überraschtes Gesicht gefreut, sein Grinsen, seine Freude über ihr Kommen und über den Kuchen.

›Na gut‹, dachte sie, ›lässt sich nicht ändern.‹ Sie sah im Briefkasten am Bootshaus, dass die Zeitung noch drinsteckte, also war Sven schon den ganzen Tag weg. Jedenfalls würde sie das Rätsel, wer für ihren Vater den Herzspezialisten aus den Weihnachtsferien geholt hatte, heute nicht mehr lösen können.

Was sie noch nicht wusste: Sie würde es auch die nächsten Tage nicht lösen können, denn Sven war weder am nächsten noch am übernächsten Tag wieder da. Er war verschwunden, wie vom Erdboden verschluckt.

28
31. Dezember

Willy Gutzeit ging es wieder besser, er war jetzt nicht mehr an Schläuche und Geräte angeschlossen, trug einen normalen Pyjama und hatte auch wieder eine gesündere Farbe im Gesicht. Er sah nicht mehr aus wie jemand, der dem Tod von der Schippe gesprungen war, und sollte auch bald nach Neujahr entlassen werden. Am Silvesternachmittag hatten sich Hella Gutzeit, die drei Töchter, Ede und Stella im Krankenzimmer eingefunden. Stella betätigte sich als Weissagerin und legte ihrem Opa gerade die Tarotkarten, die sie mal auf einem Flohmarkt erstanden hatte. Die anderen saßen auf den Stühlen um das Bett verteilt im Raum und hörten amüsiert zu, was das neue Jahr für Willy Gutzeit bringen würde. Stella würde für sie alle noch im Lauf des Abends die Karten legen und ihnen die Zukunft voraussagen, und da ihr Opa später nicht mit ihnen Silvester feiern konnte, war er zuerst dran.

Stella sah auf eine stolze Königin auf der Karte, rümpfte nachdenklich die Nase und sagte dann: »Opa, ich sehe die Königin der Gesundheit, die das nächste Jahr über regieren wird. Dafür musst du aber auch was tun. Fragen wir die nächste Karte!« Sie zog eine weitere Karte mit einem Eisenschwert, und nachdem sie ein theatralisches »Ohhh!« ausgestoßen hatte, sagte sie: »Opa, das Schwert der eisernen Disziplin erwartet dich.«

Tessa und die anderen schmissen sich weg vor Lachen. Stella war mal wieder in Hochform. Tessa freute sich schon darauf, wenn sie später bei Susanne alle Fondue aßen und Stella auch ihr die Zukunft legen würde.

Tessa hatte ein gutes Gefühl für das neue Jahr. Sie würde als Erstes ihre Wohnung streichen und umräumen. Dann würde sie sich schlaumachen, was es beruflich noch für Möglichkeiten gab, vielleicht auch einen Coach aufsuchen. Maren hatte gesagt, sie kenne da ein paar gute in Berlin und die seien ihr Geld ganz sicher wert.

Sie wollte ihren Job bei *film for kids* unbedingt aufgeben, etwas machen, bei dem sie selbst viel schöpferischer sein konnte. Endlich wieder Yoga machen, öfter ihre eigenen Freunde treffen und auch mal wieder abends abfeiern. Nicht mehr rauchen, wieder mehr lesen und öfter einen Kuchen backen. Und einen Malkurs buchen, das gleich als Erstes.

»Und du fährst morgen zurück nach Berlin?«, fragte ihr Vater sie jetzt.

»Ja, Papa, aber ich komme ganz bald wieder, um zu gucken, wie es dir geht«, erwiderte Tessa.

Ihr Vater lächelte sie an. »Sehr schön, ich werde mich bemühen, dass ich dann wieder auf dem Damm bin. Übrigens, Dr. Petersen, mein Kardiologe, hat mir heute gesagt, dass er in Kappeln sein Boot liegen hat und dort der Neffe seiner Frau wohnt, ein Sven

Matthiesen. Sein Patensohn. Wie klein die Welt doch ist!«

Tessa, Maren, Susanne und die Mutter tauschten nur einen vielsagenden Blick untereinander aus. Das Rätsel war also endgültig gelöst. Der Vater wiederum schien nicht zu wissen, dass Petersen seine Weihnachtsferien unterbrochen hatte, um nach ihm zu sehen, und niemand war der Meinung, es ihm jetzt noch sagen zu müssen. Zumindest nicht in diesem Moment.

»Ach ja, hört mal, Maren und Tessa: Eure Mutter und ich, wir haben jetzt beschlossen, dass wir beide gemeinsam eine Patientenverfügung verfassen beim Rechtsanwalt und dann eine an Susanne geben und eine an Elke. Nur damit ihr Bescheid wisst. Ist ja wohl für euch in Ordnung, oder?«

»Klar!« Beide nickten.

»Elke hat Melanie und uns jeweils eine gegeben, für den Fall der Fälle«, begründete die Mutter die Entscheidung zusätzlich.

Susanne hatte offensichtlich inzwischen mit dem Vater eine Aussprache gehabt, das Verhältnis zwischen beiden wirkte locker und liebevoll und hatte jene Anspannung verloren. Tessa beschloss, ihre große Schwester später zu fragen, wenn sie die Fonduesoßen vorbereiteten.

Sie fühlte sich inmitten ihrer Familie in dem Krankenzimmer wohl, geborgen. Das Zimmer hatte durch die schöne Stimmung nichts von Krankenhaus, nur dass der Hund fehlte, der zu Hause nach wie vor nicht von den Hausschuhen seines Herrchens abließ und jeden anknurrte, der sie ihm wegnehmen wollte. Was für ein Charakterhund.

Die Krankenschwester trat mit einem Tablett mit dem Abendbrot ein und strahlte in die Runde. »Na, Herr Gutzeit, das ist doch schön, so eine liebe Familie zu haben, oder?«

Er nickte stolz.

»Trotzdem muss ich Sie leider daran erinnern, dass die Besuchszeit in einer halben Stunde zu Ende ist und Sie sich auch nicht überfordern dürfen. Morgen ist ja auch wieder ein Tag!«

»Darf ich allein noch ein bisschen bei meinem Mann bleiben?«, fragte Hella Gutzeit.

»Na gut, eine Stunde«, sagte die Schwester gnädig, »aber nicht länger!«

»Okay«, sagte Susanne, »ich schlage vor, wir machen den Abflug und bereiten das Fondue vor. Mama, du kommst dann nach?«

Sie erhoben sich. Tessa umarmte ihren Vater ganz besonders herzlich, und er streichelte ihr über den Rücken.

»Guten Rutsch, meine Kleine!«

»Papa, komm gut rüber ins neue Jahr und werd bald wieder gesund!«

»Grüß mir Berlin!«

Er lächelte, strahlte sie wieder an wie sonst, mit diesem warmherzigen Papastrahlen, das sie um ein Haar für immer verloren hätte, das sie eines Tages verlieren würde, aber jetzt noch nicht. Noch war etwas Zeit, Zeit, um ihrem Vater auch noch mal das Wichtigste zu sagen.

»Papa, ich liebe dich so«, flüsterte sie ihm ins Ohr, und er drückte ihre Hand und erwiderte die Liebeserklärung auf seine Weise, ohne große Worte.

29
1. Januar, Neujahr

Die Familie bereitete Tessa am Neujahrstag einen großen Bahnhof, als sie sie nach Süderbrarup zum Zug brachte. Bis auf den Vater waren alle mitgekommen, sogar Elke, was Tessa besonders nett fand. Tessa durfte ihr Gepäck nicht tragen, das taten die anderen für sie.

Maren hatte sie eingehakt und sagte gerade: »Ich bin so froh, dass du mir das nicht nachträgst und meine Trauzeugin wirst!«

Tessa lächelte ihre kleine Schwester an. »Klar, mache ich gern. Aber nur, wenn ich nicht in einem langen rosa Kleid oder so herumlaufen muss.«

»Freie Kleiderwahl«, versprach Maren.

»Und ich bin schon gespannt, wie das Kleid von Tante Theresa an dir aussehen wird«, sagte Tessa.

Stella stupste Tessa an und überreichte ihr ein aufgerolltes Blatt Papier mit einer roten Schleife drumherum. »Hier, Tessa, für dich. Aber erst im Zug angucken!«

»Oh, Süße, das ist ja lieb. Vielen Dank, da bin ich aber gespannt!« Tessa strahlte, nahm ihre Nichte in den Arm und drückte sie zum Abschied ganz doll. »Vielen Dank auch für deinen Glückskeks von gestern Abend, der war ja echt super!«

Stella grinste. Sie hatte für alle auf der Silvesterfeier

selbst Glückskeksbotschaften geschrieben, auf Braune Kekse gelegt und diese in Alufolie eingepackt. Nach dem Fondue durften sie dann alle ihren Glückskeks öffnen. Auf Tessas Zettel stand in Stellas süßer Kinderschrift: »Das Glück hat angeklopft im alten Jahr und wird eintreten im neuen.«

Der Zug aus Flensburg wurde per Lautsprecherdurchsage angekündigt, und nun begann das große Verabschieden. Tessa umarmte ihre Mutter und Elke, dann Susanne, Ede und Maren, die in zwei Tagen nach München zurückfahren würde.

»Grüßt Papa noch mal von mir!«

Dann fuhr der Zug ein, und sie nahm ihr Gepäck und stieg ein. Tessa winkte noch mal, und die anderen standen da, eine dermaßen liebenswerte Truppe, und riefen laut durcheinander: »Tschühüss, gute Reise!« Tessa war schwer gerührt, aber es war diese Art Rührung, die guttat, die einen froh machte. Vor allem aber freute sie sich, dass Susanne und Ede Arm in Arm dastanden und wieder etwas inniger wirkten. Auch am Silvesterabend hatte es die eine oder andere Umarmung und Zärtlichkeit zwischen den beiden gegeben. Und ein langes Paris-Wochenende nur zu zweit für Februar war bereits fest gebucht.

Tessa suchte einen Platz, setzte sich, verstaute ihr Gepäck. Dann schaute sie noch mal aus dem Fenster, wo ihr alle wild zuwinkten. Was für ein Abschied und was für ein Unterschied zu dem Tag, als sie wie ein Häuflein Elend angekommen war. Eine gute Woche war das her und wie viel war seitdem passiert!

Der Zug fuhr an. Tessa atmete tief durch, dann fiel

ihr Blick auf das Blatt ihrer Nichte. Sie machte die Schleife ab und rollte es auseinander. Es war ein selbstgemaltes Bild mit Wachskreide: Fünf Hasen hockten unter einem Tannenbaum, an dem statt Kerzen bunte Ostereier hingen. Der eine Hase hatte gerade ein Bund Möhrchen mit einer Schleife geschenkt bekommen. Tessa sah amüsiert auf das Bild, dann drehte sie das Blatt um und las: »Für Deinen Schäff: Hasen feiern kein Weihnachten!«

Plötzlich hörte Tessa eine warme Männerstimme mit norddeutschem Einschlag, die höflich fragte:

»Ist der Platz an Ihrer Seite noch frei, junge Frau?«

Tessa erkannte die Stimme sofort, und als sie aufsah, blickte sie in das Gesicht von Sven Matthiesen. Sven grinste sie an, und Tessa wusste jetzt, was sie die letzten Tage vermisst hatte. Es war dieses Grinsen gewesen.

»Sven, was machst du denn hier?«

»War unterwegs mit der Rainbow Company. Wir haben lauter Weihnachtsbälle aufgemischt und gestern den Silvesterball in Mürwik. Gerade komm ich aus Flensburg und muss zum Vorspielen nach Berlin. Eine neue Band, wenn's klappt.«

»Das ist ja ein Zufall!«

»Nicht ganz«, sagte er, »Ede hat mir verraten, welchen Zug du heute nimmst. Darf ich?« Er schob seine Reisetasche unter den Sitz und legte seine Trompete auf die Gepäckablage, dann setzte er sich. »Das Lied von neulich heißt übrigens *Tessa's Kiss*«.

Tessa durchströmte ein wunderbares Gefühl. Das neue Jahr konnte gar nicht besser beginnen.